本気を出した
お兄ちゃんなら異種族
お嬢様のハーレムを
作ることぐらい楽勝です！

CHARACTER

Si un grand frère s'en donne la peine, créer un harem de différentes espèces filles est facile!

Chloé
クロエ
Lili Angefort
リリ・アンジュフォール

「ノアもアタシが好きだって
アタシの耳元で囁いて♡」

リリの自室で…

依頼に向かう街道で…
「ただノアとスキンシップを取っているだけよ」

「ノアはアタシのナイトでしょ!?
まずはアタシのことを気にかけなさい！」

「きゃああああ！
ノア、蜂よ！
蜂〜！！」
リリの深い胸の谷間に、
ノアの腕がむにゅりと挟まれる
果樹園にて・・・

本気を出したお兄ちゃんなら
異種族お嬢様のハーレムを作ることぐらい楽勝です！

佐倉　唄

ファンタジア文庫

3465

口絵・本文イラスト　ともー

Table des matières

Si un grand frère s'en donne la peine, créer un harem de différentes espèces filles est facile!

プロローグ

「お兄ちゃん、いいですか？　目指せハーレム王作戦の決行にあたり、最後にもう一度だけ、乙女心について復習しましょう」

流れる水のようにサラサラで、晴れた夜の月のように綺麗《きれい》な銀色の長髪。それを揺らしながら小柄な少女は大きめなトランクの上に立ち、小ぶりな胸を張って講義を始める。

講義の内容からしてすでにおかしいのだが……さらにおかしいことが一つ。なぜか、その乙女心の授業が深夜の樹海で行われていたことだ。

「まず、女の子はなんだかんだ言っても結局、自分にだけ特別優しい男の子を好きになります」

「先生、質問があります」

「はい、ノアくん、どうぞ」

「じゃあルナは俺のことが好きってことでいいの？」

妹にノアと呼ばれた少年はあくまでも冗談としてそう質問した。はずだったが……

「えへ、えへへ〜〜、もちろん！　答えはYES以外ありえません！　世界でたった一人の家族なんですから！　好き好き大好き、世界で一番愛しています♡」

「や、やめろ……っ！　そこまで素直に言われると俺の方が恥ずかしくなってくる！」

兄にルナと呼ばれた少女は赤らめた頬に手を当てて、一応照れているらしい。

が、ニヤニヤを我慢できなかったのだろう。すぐに可愛《かわい》らしく笑って想《おも》いを口にする。

結果的にノアの方が彼女よりも顔を真っ赤にして彼の冗談は終わりを迎えた。

「家族の仲はいいに越したことはないんですから、変に気にする必要はないんです」

「そりゃそうだけど……」

「それに、お兄ちゃんはただのお兄ちゃんじゃありません。お父様もお母様も死んで、故郷が燃やされても、それでもわたしのことを守ってくれた勇者ですから」

「それは……世界でたった一人の家族だからな。ルナのためならなんでもするさ」

「当然？」

「当然だ」

「でしたら、それを当然だって言い切れるお兄ちゃんを妹が大好きなのも当然です。うんうん、証明完了」

「……最終的に俺が恥ずかしいだけの冗談だった」

深夜に樹海で過ごすための焚火《たきび》。

予《あらかじ》め起こしておいたそれに、ノアはいじけたように木の枝を一本、放り投げた。

「さて、この世界最高の例題からもわかるはずです。女の子は自分のために頑張ってくれる男の子を好きになります。メロメロです」

「妹に好かれるのは兄として嬉《うれ》しいけど……その情報、主観混じりすぎじゃないか？」

「逆です、お兄ちゃん！　恋は盲目ってどの国でも言いますよね？　そういう状態にしてしまうアタックが恋愛では強いんですよ！」

「確かに、その点についてはそうかもしれないな」

「そう！　つまり恋愛で大切なのは理屈より、心を揺さぶる演出ということです！」

「先生！」

「はい、ノアくん、どうぞ！」

「そうなるとホームレスなフリーランスって印象、ヤバくないですか？」

「…………」

「おい目を逸《そ》らすな」

「……………正直、ヤバイです。だからこそ、貴族の女の子を籠絡《ろうらく》するにはしっかりとした作戦が必要になってきます」

そう言うと、ルナはすぐに逸らした目をノアにあわせ、改めて小ぶりな胸を張った。

「安心してください、お兄ちゃん。ずっとず～～～っと、お兄ちゃんと資金集めの旅をしていたわたしだからこそ、いいところも、わたしがいないとダメなところも把握済みです。わたしがいないとダメなところはわたしがフォローしますので」

「ちなみにルナがいないとダメなところじゃなくて、正直、ルナがいてもダメなところってある？」

「お兄ちゃんにそんなところはありません」

「安心できねぇ！　盲目的すぎるだろ！」

ノアに突っ込まれて、ルナは心底楽しそうに口元を手で隠して「えへへ」と笑った。

「けっこう話が逸れちゃいましたけど……大まかな作戦はもう決まっていますからね。あとはアドリブが必要な細かなところでミスをしないためにも、乙女心の法則を忘れないようにしましょう」

「結局、叩《たた》きこまれた教えのうち、一項目しか復習できていない気がするんだが、気のせいか？」

「確かに！　気のせいじゃないです！」

「だよな～」

「じゃあ全部言ってみましょう！　最後のテストです！」

「…………」

ノアは（余計なこと言うんじゃなかった……）と内心で愚痴を零《こぼ》す。

そしてこの謎の授業を終わらせるため、なぜか妹から叩きこまれた教えを思い返した。

「その一、女の子はなんだかんだ言っても結局、自分にだけ特別優しい男の子を好きになります。その二、女の子は論理的な正しさよりも、自分の心に寄り添っているか否《いな》かで、相手のことを判断します。その三、女の子はより魅力的な男の子を好きになります。運動神経だけが男の子の魅力ではないので、地頭の良さや知識の豊富さなど、自分の武器を把握しましょう」

「はい、一〇〇点です！」

「やっぱりさ、偏見が酷《ひど》くないか？」

「そこまで間違っていないと思いますので、たぶん大丈夫です！」

「……たぶんかぁ」

とはいえ、仮にこの教えが間違っていたところで――関係ない。

ノアたちには貴族の令嬢を籠絡しなければならないとある理由があったから。

そして、彼がその理由について思い返して、やや表情が暗くなったことに気付いたのだろう。ルナは先ほどまでのテンションと打って変わり、静かに謝罪の言葉を口にした。

「ゴメンね、お兄ちゃん」

「それは言わない約束のはずだ」

「そうじゃなくて……わたし、ね？　明日からのこと、やっぱり不安で、寝る前に少しだけ、お兄ちゃんとお話ししたかったの」

「大丈夫、俺も少しは不安だったから、ルナとのお喋《しゃべ》りで楽になったよ」

「ホントに？　えへへ、そう言ってくれると嬉しいです」

ウソだった。本当はノアだって少しではなく、途轍《とてつ》もなく不安だった。

しかし、最愛の妹の前でそのような弱腰を見せるわけにはいかない。ルナにはウソ偽りなく、自分しかいないのだから。

「まぁ、でも、寝不足はよくないからな。流石《さすが》にそろそろ寝ようか」

「うん、りょーかい、お兄ちゃん。おやすみなさい」

「あぁ、おやすみなさい、ルナ」

そう言うと、ノアは水を操作する魔術で焚火を消した。

続いて地面を操作する魔術で自分たちの四方に壁を作る。樹海ということは当然、夜行性の肉食動物がうろついているので、そいつらに襲われないために。

「――ルナ？」

「ん、なぁに、お兄ちゃん？」

木々が夜風に揺らされ葉と葉が擦《こす》れ合う涼しげな音。

聞いているだけで心が安らぐ自然音で眠りに落ちてしまう前に、ノアにはルナに言っておくべきことがあった。

「絶対に大丈夫だ。約束は守る。守ってみせる。お兄ちゃんに任せろ」

「――んっ、そうだよね。わたしのお兄ちゃんは完璧だもん」

そのような保証はどこにもない。

しかしノアがそう強く断言するのに思案や戸惑いは特になかった。強《し》いて言うなら、妹が不安がっているなら、それを払拭《ふっしょく》するのが兄の役目。それをこの世界の理《ことわり》だと本気で思っているから言ったのだ。

全ては妹のために。

計画が上手《うま》くいかなければ、ルナは普通に生きることもままならなくなってしまうのだから。だから――、

（――だから俺は妹のために、どんな女の子だって口説き落とす）

一章　第一印象を大切に！

「ウチの入団試験の内容は知っているか？」

「入団希望者自らが主犯になって、なにかしらの犯罪を完遂する、ですよね？」

そのやり取りは都市の外れにある廃墟《はいきょ》の一室で行われていた。

どこかから調達されたソファに脚を組んでふんぞり返るスキンヘッドの巨漢。彼の問いに片膝を突いて頭《こうべ》を垂れていた黒髪の少年――ノアは臆せずに答える。

「知った上でここまで来たってことは、覚悟はできているっていうことでいいな？」

「もちろんです」

とはいえ、知らずにやってきたとしてもＹＥＳ以外の答えはありえない。

犯罪組織の活動拠点に足を踏み入れたのだ。『知りませんでした』『やっぱりやめます』なんて口にしたら最後、スキンヘッドの男の背後に立っている彼の部下と思われる男たちに殺されておしまいだろう。

「なら、犯行内容は全部お前に任せる。人手も少しは貸してやるからせいぜい頑張れ」

「わかりました、ありがとうございます」

「ただし、だ。万が一捕まった時、罰金だけじゃなく、懲役刑を喰《く》らうのが罪としての最低ラインだ。立ちションみてぇなつまんねぇ犯罪で済まそうとしたらぶち殺す」

「ええ、それについても承知しています」

と、表向きは礼儀正しく頭を下げ続けるノア。

しかし内心では（恩着せがましい言い方をしているが……人手って要するに、俺が逃げ出さないための見張りってことだろ）と毒づいていた。

「それで、だ」

「はい、なんでしょうか？」

「犯罪組織で行われているものとはいえ、仮にも面接だからな。試験に受かれば仲間なわけだし、身の上話ぐらいは訊《き》いておこうか」

そう言うと、スキンヘッドの男は値踏みをするようにノアの全身をジロジロ睨《にら》んだ。

続いて大して同情もしていないのに大袈裟《おおげさ》な溜息《ためいき》を吐《つ》く。

「ま〜だ一〇代だろ？　な〜んでわざわざ犯罪者のお仲間になろうと思ったわけ？」

「ありふれた事情ですよ。三年前の戦争によって、家を燃やされ、親が死んで、生きるためには罪を犯さなければならなくなった。どれだけ綺麗事《きれいごと》を並べようが、生きる上では金が大切なんですから」

　少なくとも、ここまでの話にはウソ偽りがないのだろう。

　過去を思い返したノアの表情が、犯罪を用いた試験について語っていた時よりも、なおのこと暗くなる。

「幸いにも戦争には帝国が勝ちましたが、決して被害はゼロじゃない。そして戦勝国としての恩恵もまずは皇族や貴族からです。庶民にまで巡ってくるのはいつになるかもわかりません」

「まぁ、確かにな。神に捧《ささ》げる正義の戦争だったらしいが、お前みたいなガキが生まれた時点で正義なんてどこにもねぇわな」

　皮肉なことに、相手が悪党だからこそ、ノアは久しぶりに同情された。

　スキンヘッドの男はオーバーリアクション気味に、ヤレヤレと首を振って正義に呆《あき》れている。

「そうですね。吸血鬼や、サキュバスや、オークらには一切の権利が認められない。それどころか、主神ではなく魔神から生まれた存在だから、積極的に排除するべき。三年前の戦争は一応、聖天教会と天罰代理執行軍という公的な組織が、そう言い始めたのが発端です。ですが――」

「神を信じていない俺らからすると、はた迷惑もいいところ。マジでふざけんなビチグソが！　って感じだ。自分たちの知らないところで異端認定された種族には同情するね」

少しだけ、ノアが視線を上げた。

彼の発言が本心からだとは到底考えられない。

しかしそもそも帝国では、異端認定された種族に同情なんて、たとえ冗談だったとしても、それでも滅多に聞けない言葉だったのだ。

「――意外、ですね。吸血鬼たちに、少々お優しいようで」

「いや～～～～～、まぁまぁまぁまぁまぁまぁ！　まだまだ戦後の混乱が残っているが、あいつらをどう扱っても違法性がないからこそ、最低限の稼ぎは維持できたんだ！　特にサキュバス狩りは最高だったぜ！」

「は？」

「アッハッハッ！　当たり前だろォ！　それがなかったら同情なんてしてねぇよ！　生き血を啜《すす》ってパワーアップする種族スキル持ち？　性病の巣窟《そうくつ》？　しまいにゃ、肌が緑色？　気持ち悪いねぇ、そりゃあ、もう！」

品性の欠片《かけら》もなく、スキンヘッドの男は口を大きく開けてゲラゲラ笑う。

あまりの下劣さに、ノアの中にはすでに殺意さえ芽生えていた。

「さてと！　まぁ、ぶっちゃけウチは犯罪者集団だからなァ！　人柄を見る面接を重要視なんてしちゃいねぇ！　目上に頭を下げる常識さえ持っていれば礼儀は充分だ！　あとは試験をクリアしてもらうだけだが――そう言えば、お前」

「はい、なんでしょうか？」

「試験の内容を予《あらかじ》め調べていたんだよな？　ってことはある程度、計画は練り終わってるんじゃねぇのか？」

「ええ、仰《おっしゃ》るとおりです」

するとスキンヘッドの男はニヤニヤしながらノアに近付いて、彼の肩に腕を回した。

「スピーディーなヤツは嫌いじゃねぇ！　軽くでいいから、教えてくれよ。どんな計画を用意してんだ？」

この提案、話の流れ自体はノアにとっても悪くない。

カスみたいな犯罪組織の中で人手を一から集めるのは非効率的だ。リーダーであるこの男に計画の概要を話した方が人を招集しやすいだろう。

ノアだって、スピーディーな展開が嫌いではないところだけは同じだった。

「簡潔にまとめるならば――このアンジュフォール公爵領の領主の娘、即《すなわ》ち、リリ・アンジュフォールを誘拐する計画を立てております」

◇
◆
◇
◆

ノアが犯罪者集団のテストを受けることになってから一週間後の夜――、

――アンジュフォール公爵の屋敷《やしき》の大広間では豪華絢爛《ごうかけんらん》な舞踏会が開かれていた。

天井には煌《きら》びやかに瞬《また》くシャンデリアがいくつも吊《つ》るされており、床一面には深紅を基調にした瀟洒《しょうしゃ》な絨毯《じゅうたん》が広がっている。

壁際《かべぎわ》のテーブルにはズラリとステーキやテリーヌ、カルパッチョやムニエル、ビーフシチューやポトフ、色鮮やかなサラダ、どれも瑞々《みずみず》しいフルーツ、ケーキ、シャーベットが並んでおり、かなり豪勢なビュッフェスタイルになっていた。

招待された者は一人の例外もなく皆貴族。右を向いても左を向いても、男性は襟付きのスーツを着ていて女性はドレス。ダイヤモンドを始めとしてルビーやサファイヤなど、宝石を指輪やピアス、ネックレスとして身に付けている者ばかりである。

そのように、参加者全員に各々《おのおの》の華々しさがあるわけだが――、

――その中でも一人、数多くの男性からダンスに誘われ続けていて、同性の取り巻きの友人たちも存在しているほど、飛びぬけた美少女がいた。

「ご歓談の最中に失礼いたします。初めまして、リリ・アンジュフォール様。私はネージュリヴィエール男爵の長男、アダン・ネージュリヴィエールと申します」

「————ええ、初めまして！　アンジュフォール公爵の四女、リリ・アンジュフォールです。アダン様、お会いできて光栄です」

なにか、理由でもあったのだろうか。一瞬だけ間を置いてから、リリという美少女は太陽のように朗らかに満面の笑みを見せた。男なら誰しもがドキッと胸が高鳴り、自分に向けられただけで天にも昇るような気持ちになれる可愛《かわい》らしさである。

髪は木々の間を吹き抜ける風のように絡《から》まることを知らず、まるで本物の黄金のような金色だった。信じられないほど長い睫《まつげ》、そしてパッチリとした二重のツリ目。その中の蒼《あお》い瞳は南国の澄みきった海のように透明感に溢《あふ》れ、一度目をあわせた相手の視線を簡単に離すことはない。

肌は百合《ゆり》のように白くきめ細かで、全身から花のように甘く心地いい匂いがする。

バラのように赤いドレスはリリの魅力を最大限活《い》かすようになっており、やや露出が多めで豊満な胸の谷間が露《あら》わになっている。そして、姿勢やスタイルによほどの自信があるのだろう。露出はそれだけに留《とど》まらず、背中も大きく開いていて、脚部のスリットからは健康的な太ももが惜しげもなく晒《さら》されていた。

最後に、他のどこよりも特徴的なのは──やはり『エルフ』という種族特有の長く尖《とが》った耳だろう。人間の場合だとありえないことだが、リリの耳は肩幅ほどの長さがあった。

そしてそのエルフ耳は彼女の笑顔にあわせて、まるでイヌの尻尾のようにピクピクと揺れている。

「先ほどのダンス、お見事でした。よろしければ、私とも一曲、いかがでしょうか？」

「流石リリ様！　先ほどからモテモテですね！　七人目ですよ、七人目！」

「どうなんですか、リリ様？　かなりイケメンですよ？」

「ほらほら、もう一回踊っちゃいましょうよ～」

国も時も種族も問わず、年頃の女の子はやはり、浮ついた話に興味があるのだろう。

アダンがリリにダンスの提案をした瞬間、彼女の友達は一斉に盛り上がる。

続いて彼女らは自分で話を遮ったのにも拘《かか》わらず、返事を急《せ》かすように背中を押して、リリをアダンの前に押し出した。

「──この子たちはこう言っていますが……申し訳ございません、アダン様。先ほどから踊り続けて疲れてしまい、少々休もうと考えていたところだったのです。お気持ちだけ、ありがたく頂戴いたしますね」

淑《しと》やかにそう言って、リリは提案を断った。

が、アダンとしては折角、アンジュフォール公爵が主催する舞踏会に招待されたのだ。リリは四女だったとしてもその公爵家の娘で、しかも絶世の美少女。彼としてはもう少しでも会話をしたいところである。

「そうだったのですか。であれば、私がなにか新しい飲み物を取ってきましょう」

「――ありがとうございます。そういうことでしたら、お言葉に甘えさせていただきますね。あっ、もし差し支えなければ、イチゴオレを持ってきてくださると嬉《うれ》しいです」

リリがふわっと優しく微笑《ほほえ》むと、そこで一度会話が終わり、アダンは壁際まで飲み物を取りに向かった。

が、彼がいなくなるとリリは一気に怠《だる》そうな表情になり、友達に向き直る。

「アンタたちも折角の舞踏会なんだし、もっと食べて飲んで踊りなさいよ」

「でしたら！　その前にリリ様に質問です！」

「なによ？」

友達と一緒の舞踏会だというのに、あまり面白くなさそうな表情をしているリリ。

彼女はツインテールの先端を人差し指に巻き付けながら訊《き》き返した。

「結局、リリ様が気になっている殿方ってどなたでしょうか？」

「だから誰も気になってなんかいないって」

「「「「ええ〜〜〜」」」」

「いやいや、ホントに誰も気になってないから……」

そう言うと、今度は一気にげんなりした表情になってうなだれる。

さらには深い溜息《ためいき》を吐《つ》いたあと、リリは天井を見上げて身体《からだ》を揺らした。

「ということは、誰にダンスのお誘いをしてもいいということですか？」

「そうよそうよ、好きになさい」

「「「「流石《さすが》リリ様！　流石アンジュフォール公爵家のご令嬢！」」」」

「アンタたち、アタシのことバカにしてるでしょ!?　会場から叩《たた》き出すわよ!?」

表情がコロコロ変わる、というレベルではない。全体的にせわしない子なのだろう。

リリは一歩前に出て腰に両手を添えたのち、友人たちのことをジト目で下から覗《のぞ》き込むように睨み付ける。

「いえいえそんな!!　滅ッッ相もございませんッ!!」

「確かに煽《あお》っているように聞こえたかもしれませんが、ウソ偽りなく！　ホントのホンッットに！　感謝も感動もしているんです！」

「アンタたちに出会いの場を提供する公爵の娘としてでしょう!?」

「誤解です!!　決ッッしてそのようなことはございませんッ!!」

「ただ少し、ほんの少しでいいので、イケメン貴族とのご縁がほしいだけでして……」

「だったら、ほら。踊って疲れたのは事実だから、アタシを休ませると思って、パーティーを楽しんできなさい」

「は〜い」

「ではでは、またのちほど〜〜」

結果的にずいぶんと友達と話し込んでしまったが、アダンはまだ戻ってきていない。根本的にこの舞踏会にイチゴオレはないので、空気を壊さない断り文句だったのだが……。

そしてリリはすぐさまその場を離れようとする。やや苛立《いらだ》ち混じりに歩調を速め、大広間からバルコニーの方へ行ってしまった。

「セシール」

「はい、お嬢様」

「彼が戻ってきたら、お嬢様は体調が優れないため、自室に戻りお休みになられていますとか、そんな感じでフォローしておいて。流石に申し訳ないし」

「かしこまりました。ですが、ウソはあまり感心いたしませんよ」

「ウソ？」

やはり罪悪感はあったのだろう。リリは控えていたメイドに指示を出した。

しかし、あくまでも全ての使用人を雇っているのはリリではなく、彼女の父親だ。ゆえに、だからこその小言である。

それを聞くとリリはセシールというメイドに目線をやって——なぜかその場にしゃがみ込んだ。そして——、

「あ痛たたた〜〜！　足が痛いなぁ！　もう動けないなぁ！　好きでもない男と結婚なんてしたくないのに、お父様が勝手に出会いの場を用意してきたなぁ！　侯爵家からの誘いまでは受け入れて、それさえ捌《さば》けたら休もうって……そう決めていたから頑張れたのになぁ！　もうダメだ〜おしまいだ〜〜、身も心も限界だ〜〜っ！」

「ご友人に負けず劣らず、お嬢様もいい性格していますね……」

ピキ……ッ、と、苛立ちのあまりセシールのこめかみに青筋が浮き始めた。

対して、リリに反省した様子は一切ない。それどころか手のひらを首の横で前後に揺らしながら、イタズラっぽい笑みを浮かべている、

「ふふん、褒め言葉として受け取っておくわ！　さぁ、アタシが今の発言を褒め言葉と認識しているうちに、早く行きなさい！　でないと打ち首♪　打ち首♪　なんだから！」

「ハァ〜〜〜〜、お嬢様にそんな権限ないでしょうに……」

それはもう海よりも深く、地獄の底まで着くのではないかと思えるほど深い溜息を吐く

セシール。彼女は頭痛さえ覚えたように眉間を指でほぐし、重い足取りでアダンに対するフォローに向かった。

「完璧な後処理、よしっ！」

「どこも完璧じゃねぇし、なにもよくねぇだろ」

「今度は誰よ⁉」

去っていくセシールの背中に向けて、リリが勢いよく指差し確認したタイミング。そこで彼女はさらに別の誰かから声をかけられてしまう。

やはり勢いよくリリが振り向くと、そこには同族――『エルフ』の青年が立っていた。

「初めまして。俺はロベール・ヴァンプラトー、伯爵家の次男で――」

「――三年前の戦争で戦果を挙げた結果、勇者制度によって皇帝陛下に認められた勇者、でしょ？」

リリに先回りされて、ロベールはやや驚いたような表情をした。

「光栄だな。公爵家の御令嬢に、伯爵家の次男が名前を覚えてもらえていたなんて」

「ウチの領地に在中している天罰代理執行軍で最強の戦士じゃない。流石に知っているわ。それで、なにか用かしら？」

「葉巻を吸っていたら本日の主役が喚《わめ》いていたから、気になっただけだ」

「へぇ、エルフなのに葉巻が好きなのは珍しいわね」

「バカだなぁ、葉巻の材料って植物なんだぜ」

「ハァ？　それは知っているわよ？」

「だったら森の恵みの結晶と言っても過言じゃないだろ」

「バカじゃないの？　過言よ、過言」

公爵家の令嬢にこの口の利《き》き方だ。ロベールはリリをダンスに誘う気がない。

本当に偶然、夜風に当たっていただけだったのだろう。

「舞踏会はお気に召さなかったかしら？　伯爵家の次男だろうと、皇帝陛下に認められた勇者となれば、相当話が変わってくるんじゃない？　仮にも公爵家のアタシをバカ呼ばわりできるぐらいだもの」

「女遊びなんて勇者になって一年で飽きた」

「キッモ……おっと失礼、少々口が悪かったかもしれません。訂正します。世間体が悪いことをカッコつけて言う姿勢も含めて、吐き気を催すほどのおぞましさを感じました」

「さっきのメイドが言っていたとおり、確かにいい性格をしているようだな」

ロベールは葉巻を吸って吹かして、落ち着いた様子でそう言った。

「そもそも、会場を抜け出すぐらいなら、舞踏会なんてこなければいいじゃない」

「正直、自宅でゴロゴロしていたかったが、公爵からの誘いだからな。断るという選択肢なんて、実際にはどこにもない」

「それについては…………………まぁ、そうね」

「いや、否定しねぇのかよ」

「強制参加なのはアタシも同じ！　否定したくてもできないのよ！」

そう突っ込むと、リリはロベールの横を通ろうとした。

が、本当に少しだけ訊きたいことがあって、ロベールはリリを呼び止める。

「いっそのこと早々に誰かと婚約しちまえば、こんなパーティー、何度も開かれることないんじゃないか？」

「イヤよ、アタシはもっと外の世界を知りたいの」

よほど強い意志があり、誰にでもいいから、言葉にしておきたかったのだろう。

リリが足を止めて振り向くと、ロベールも一応、彼女の蒼《あお》く澄んだ瞳に目をあわせた。

「この舞踏会に招かれた時点で貴族なのは当然。貴族であれば外見に気を遣える環境で過ごせるのが普通。それで、貴族に生まれたからこそ、逆に気付けた。爵位も、外見も、結局はその人の本当の魅力じゃないんだって！」

「言わんとしていることは理解できるが、理想論だな」

リリの言う本当の魅力とやらがなにを意味しているのか、ロベールにはわからない。

しかし、たとえば優しさは裕福で余裕がある者たちに生まれやすいし、現実問題、逆に貧困層は無秩序になりやすい。

人の本質も環境ありきと考えているロベールからすれば（アホくせぇ……）と鼻で笑うような考えだった。

「それによ！　今日の舞踏会の参加者のうち、九割がエルフ！　他種族は短命だから政治は任せられないって理由で、この地方は何百年も前から完全な村社会！　こういう環境、息苦しいのよ！」

「早々にくたばる種族に役職を与えたところで、無駄な引継ぎが発生するだけだからな」

「その無駄な引継ぎこそが、文明の前進なんじゃない！　ず～～～～っと代わり映えしない世界なんて、アンタだってつまんないでしょ？」

「……まったく賛同できない意見だが、質問の答えとしては理解した。要はつまんねぇ故郷から飛び出て旅をしたい、ってことね」

「そのとおり！　そして今、手配した馬車がロータリーに停《と》まっているわ！」

「………………は？」

いくらなんでも、リリの今の発言にはロベールも開いた口が塞がらない。

その発言は要するに、ちょうど今から家出します宣言だったのだから。

「いや、まぁ、待てって。マジで？　しかも夜に出発？　流石に忠告だけはしておく」

「忠告？」

リリはキョトンとした表情で小首を傾《かし》げる。

「絶対に三日後には身包《みぐる》みを全部剝がされて、浮浪者のオモチャになるか、別の地域に運ばれて、そこで奴隷として闇オークションに出るハメになるぞ。俺に言われても嬉しくねぇだろうが、お前はかなりの美少女だし積極的に狙われる。しかも他の種族からしたら、手に入れてから自分が死ぬまでずっと若々しいエルフの美少女だ。大人しくこの屋敷《やしき》で外の世界を知らないまま、つまんねぇ、くだらねぇ、って、愚痴を零《こぼ》している方が自分のためだぜ」

「本気で心配してくれて、その点についてはお礼を言っておくわ。ありがとう。でも、アタシだってバカじゃない。屋敷の外では犯罪に気を付けなければならないというのは把握している。二泊三日で領都から出ないって決めてあるし、それぐらいなら大丈夫よ！」

◇

◆

◇

◆

「ご……っ、ゴメン、なさい……。悪いこと、したなら…………謝り、ます。ゴメン、なさい……。ゴメンなさいゴメンなさい……っ！　お願い、します……っ！　お家《うち》に帰して……。酷《ひど》いこと、しないで……。絶対に誰にも言わないから……っ！　う、うぅ……」

結論として、なにも大丈夫ではなかった。

そもそも親に内緒でやり取りをしていた馬車の御者が、すでに犯罪者。

馬車の中でドレスから私服に着替えて、意気揚々と降り立った先は手配した宿なんかではなく、強面《こわもて》の男しかいない郊外の採石場だった。

着替えやお小遣いなどが入っていたトランクケースは一番先に奪われて、次に手足を縄で縛られ身体の自由を奪われる。

となれば次は商品としての価値が傷付かない程度に、乙女の尊厳を、愛している相手とするはずだった初体験を奪われるのが当然だろう。

「オイ！　万が一にでも逃げ出せねぇように、服は切り刻んで捨てておけ！」

「「「「ッッス！」」」」

「～～～～ッッ！　待って待って！　ねぇ待って！　お願い！　お願いします!!　お金ならいくらでも用意するから！　他のことならなんでもするから！　だからそれだけはダメ！　それだけは、ッ、やめて、ください！　ねぇやめてよ！　なんで、よぉ……。うぅ、えぐ、あ、あぁ………」

手足を縄で縛られた状態で抵抗できるわけがない。

ハサミを持つ筋骨隆々な男たちに囲まれて、リリの服は一分も持たずに切り刻まれた。

そして当然のようにそれだけでは済まず、下着まで切られて、リリは外出から半日もかからずに全裸で緊縛されてしまう。

「イヤァァァァァ‼　ウソよウソ！　こんなのおかしい！　間違ってる！　夢！　夢よ！　夢に決まってる！　だってそうじゃないとアタシ！　これから！　うう、あぁ……ァァア！　ねぇ！　ねぇ！　誰か！　助けて！　助けてよォォオオオオオオオッ！」

もとから白く綺麗《きれい》な肌だったのだが、血の気という概念自体がなくなったように、顔は蒼白《そうはく》。端整な顔立ちも涙と鼻水のせいでグチャグチャ。

リリはその宝石のように美しい目から大粒の涙を流して泣き叫んだ。恐怖のあまり脚をガクガクと震えさせながら失禁してしまい、地面には黄色い染《し》みがじわじわと広がり続ける。

周りより大きくやわらかく豊かに膨らんだ胸も――、

綺麗な薄桃色をしているその先端も――、

そして大切な相手以外には絶対に見せてはいけない女の子の一番大切な部分も――、

——手足を縛られていては隠すことなんてできなかった。

「アッハッハッ！　身動《みじろ》ぎなんてしない方がいいぜ？　牛みたいな胸がブルンブルン揺れてバカみたいだぞ？　まぁ？　バカだから誘拐されるし、この期《ご》に及んで誰かに助けを求めているんだろうけどなァ！」

「——それはお前が言えたことじゃないだろう」

ス——ッ、と、まるで風のように誰かが走ってきた。

次に「詠唱零砕《れいさい》——【魔弾《ラ・マジーバル》】」と囁《ささや》き、リリを囲んでいた男たちの眉間を魔術の弾丸で撃ち抜くと、彼女をお姫様抱っこの要領で持ち上げる。

「——Un pêcheur qui tombe dans un enfer brûlant et souffre!《熾烈の焔、灼熱の地獄に堕ちて足掻き苦しむ罪人よ》」

すでに肉体を強化しているのだろう。

その者は続いて大きく跳躍。

「——Son corps est fumé, brûlé, transformé en poussière, désespoir dans le vide à venir!《その身は燻り爛れて塵となり、いつか花咲く大地に還る》」

着地までにリリの手足の縄を魔術で切った上で、犯罪者集団と距離を置いた。

そして最後に——、

「——Cette âme continuera à être marquée jusqu'à ce qu' elle soit complètement brûlée!《罪さえ焼かれて消えるまで、その魂に、烙印を》

【絶火、天焦がす緋華の如く《デストリュクシオン・イキャルレット》】！」

――唱《うた》を詠《よ》みきった刹那、まるで爆発のような轟音《ごうおん》と共に焔《ほのお》の奔流が彼より前に溢《あふ》れ出す。敵は皆殺しと言わんばかりにその魔術は万象を焼き始めた。

敵が余計なことを喋《しゃべ》る前に、この開戦の一撃で、文字通り少しでも口数を減らしておきたい。

そのような狙いもあり、爆音を伴うこの魔術を選択したのだろう。

「――――え？　え？　ぁ、なた、は？」

「ノアと言います。通りすがりの冒険者です」

自由になった腕と脚、それらで胸と股を隠しながら、リリはノアに抱きかかえられたまままそう訊《き》いた。

一方でノアは内心ドキドキしていたが、それを一切表に出さずに平静を装《よそお》っている。

「えっとえっと……助けてくれて、ありがと。もう大丈夫だから、下ろしてもらえる？」

「えっ？」

「えっ？」

「これから戦いが始まるかもしれないわけだけど、人質にならない自信、ある？」

リリが頬を赤らめたのは一瞬だった。

ノアにそう訊かれて目を泳がせたのち、流石《さすが》に正直に告白する。

「…………ない」

「恥ずかしい気持ちは理解できるよ。でも、もう少しこのまま我慢してね」

「逆に、アナタはアタシを抱えたままで大丈夫なの？」

「もちろん。キミには傷一つ付けさせやしない。約束するよ」

ちょうどノアが約束したタイミングで、業火《ごうか》の中から魔力使用の反応があった。

そして次の瞬間、赤らむ世界を斬り裂いて、二人を目掛けて雷の槍《やり》が三本も飛んできた。

種族を問わず、雷を目で追える魔術師なんていない。

つまり、その攻撃を防ぐためには――、

「……結界？　いつの間に……」

「エルフは大きな音が苦手らしいからね。反撃も予想されるし、火を放ったあと、簡単なモノを張っておいたんだよ」

リリとそう話している間でも、ノアの視線は正面から逸《そ》らされない。

今の攻撃で少なくとも一人、敵側に生存者がいることが確定した。死ぬべき弱者は死にきっただろうし、この奇襲を凌《しの》いだ強者なら、残った炎だけでは削り切れない。

むしろ、目くらましに使われる分、炎が敵の方に有利に働いていると言えるだろう。

ならば――、

「Un pécheur qui résiste à la noyade dans les vagues de la destruction! Son corps pourri, se dissout et disparaît dans la mousse! L' âme continuera à dériver dans le tourbillon jusqu'à ce qu' elle soit un jour complètement purifiée!《寂滅の波、破壊の渦流に呑まれて藻掻き苦しむ罪人よその身は腐り蕩けて霧散して、いずれ天に昇る水泡に帰す罪さえ浄めて消えるまで、その魂に、乱流を》【天水、業浄め流す審判の刻《アニイラシオン・アンディゴ》】！」

まるで地獄の劫火《ごうか》のように荒れる炎に対して、ノアは天地万物を洗い流す洪水のごとき大量の水をぶつける。

尋常ではない炎に対して尋常ではない水。その激突の果てならば、発生する水蒸気爆発もやはり、限度を知らず、想像を絶する破滅をもたらすことは必定だろう。

「きゃあああああああああああああああああ！」

先刻の雷撃で多少、結界が脆《もろ》くなっていたのだろう。爆発と共に結界が砕け散り、ただの風圧だけで肉体が爆《は》ぜそうになる。

胸の先端の薄桃色と突起が露《あら》わになっていようが関係ない。リリは反射的に耳を塞いで肺から全ての空気を出すように大声を上げた。

もしも敵がこの一撃さえ凌ぐなら、回避した先は恐らく――――自分たちの背後。

「詠唱零砕！【氷守の盾《ブークリエ・デ・グラス》】！」

「アッハッハッ！　魔力を込めていない背後からの物理攻撃によく気付いたなァ！」

犯罪者集団のリーダーだった巨漢はそう吼《ほ》えると、改めて魔力を使う。

そして詠唱を追憶――予《あらかじ》め詠唱を済ませておいた魔術を時間差で発動して、ノアが展開した氷の盾をいとも簡単に斬り裂いた。

「隠密《おんみつ》性に優れ、トドメは純粋にナイフ。下積み時代は暗殺者だったのか？」

「こんな強面が言うのは意外かも知れねぇが、殺しに無駄はいらないっていうのが俺のポリシーでな。どうだ、ドブカス？　リーダーになれたのも納得のポリシーだろ？」

刹那、リーダーが全身に魔力を込める。

ノアを奇襲するために身体強化の魔術さえ施していなかったのだろう。

なにかしら別の魔術を使っていたのだとしても、だ。素の肉体で先ほどの二つの攻撃を耐えた男が今、肉体の限界を段違いに上げていく。

そして予め身体強化の魔術を使っていたノアも、肉体の限界を超える敵をさらに超えるべく、身体強化の魔術を重ねて使い始めようとした。

『Je souhaite! Je prie! Je veux des jambes rapides,des bras forts et un esprit invincible!《我は祈る　我は願う　腕には強さを、脚には速さを、意志には敵を討ち往く気高さを》』

両者、同時に詠唱完了。

「――【英姿投影《ルゲニオンイデアル》】、四重奏《カルテット》！」

「ハッ！　なら、こっちは五重奏《クインテット》でやらせてもらうぜェ！」

バギッッ！　と、脚に力を込めた瞬間、たったそれだけで両者の足元が罅割《ひびわ》れた。

そして一斉に跳躍しようものなら、亀裂はさらに深く、放射状に広がり、地面は最終的にクレーターを作り爆散した。

「子どもみたいな競い方だな」

「子どもみてぇな煽《あお》りだな！　誰がなんて言おうと、相手より多く魔術を重ね掛けするのは戦術として大正義！」

一気にノアとの距離を開けたリーダー。彼はサバンナの肉食獣よりも速く疾走しながら、魔力の消費量が少ない【魔弾《ラ・マジーバル》】を連射した。

どれほど低級な魔術であろうと最低限、当たれば肉を抉《えぐ》る威力はある。身体強化していようが、痛みで少しでも足が止まった瞬間、別の大技を撃つことも可能。コストに対してリターンが優れており、戦闘にまで発展した場合、彼がよく使う戦術の一つだった。

「ガキでもわかる理屈だが、それがわからんテメェはサルかなにかかァ⁉」

一方で、【魔弾《ラ・マジーバル》】を回避し続けるノアは地面を操作して数多《あまた》の岩石を大砲のように放ち反撃する。必然、途轍《とてつ》もない量の土煙が宙に舞うが——足を止めたら死ぬ。気にしてはいられない。

続いて、彼は魔術で四つもの竜巻を発生させた。舞い上がった粉塵《ふんじん》を集めて、さらに、まるでかまいたちのように斬り刻みながら、敵を四方から殺しにかかる。

「わからないとは一言も言っていないぞ。最近のサルは想像力が豊かなようだ」

ノアがそう言うと、竜巻を回避しながら弾幕を張り続ける敵を囲うように地面が異常に隆起する。敵を囲う壁は最終的にドームになり、前後左右はもちろん、上にも逃げ場がない状態だ。

「やった！　捕らえたわよ！」

「さらにもう一個！」

敵を捕らえた牢獄《ろうごく》をさらに囲うように、ノアは再度、魔術で地面を操作する。なぜか、新しく作った建造物には窯のように空気の取り込み口と煙突が生えていたが……。

一方、逃げ場がない闇の中で、ノアに捕らえられた敵は——不敵にも、笑っていた。

「Mes mains sont des épées sacrées qui tranchent tout! Ma peau est l'armure de Dieu qui repousse tout!《我が手は触れる者みな全てを斬り裂く聖なる剣　我が珠肌は攻め寄る物みな全てを弾く神の鎧》」

切断を始めとして『接触』とは、摩擦が存在しないと起きない現象だ。

ならば、摩擦係数を操作することができたならば——、

「Le sage et fou frotta les bâtons ensemble et allumer un feu la nuit du mythe et le matin de la civilization!《神話の夜光、文明の朝日、探究の真意を識る者は愚直に独り、枝を擦り明かりを灯した》」

——ただの木の枝をダイヤモンドさえ容易に斬り裂く聖剣にすることも、

――自らの肌や衣服を銃弾さえ滑らせる神鎧《しんがい》にすることさえ可能だった、

「Par conséquent, nous devons continuer à faire face à notre propre folie afin de ne pas éteindre la lumière de la Sagesse!《白昼の栄華を謳歌する我らは知恵の灯、絶やさぬように、その神髄にひたすら挑み続けるべきだろう》【蒼古なる聖剣と神鎧《アーマメン・ユルティム》】!」

無論、なにかを万物切断の聖剣にしてしまえば牢獄など無意味の極み。

つまりこの刹那はリーダーの認識下においてピンチではない。むしろ、摩擦を操作する魔術を敵に聞かれることなく完全に詠唱しきれてしまう好機だった。

しかし、どのような魔術だろうと弱点がないわけではなく――、

「キミ!　もう一回、大きな衝撃に備えて!」

「ひゃ、ひゃい……っ!」

ノアがリリのことを、より一層強く抱きかかえた。

なにも身に着けていないリリの胸がノアに押し付けられる。が、リリはもちろん、ノアだって気にしている余裕はない。

なぜならば――、

――ノアの読み通りなら、決着は目前なのだから。

そして事実、ノアがリリに注意した次の瞬間――ッツ、

「きゃあああああああああああああ……ッツ!」

「…………っ！」

鼓膜を破壊するどころか、まるで脳を直接揺らすような爆音が轟《とどろ》いた。

続いて外側の建造物の煙突から火柱が立ち昇る。

「な、っ、なに⁉　爆発で脱出されたの⁉」

「いや、安心していい。十中八九、俺の勝ちだよ」

「なんでよ⁉　残りの一割に命がかかっているのに安心なんてできないわよぉぉぉ……、うぅ……」

勝利宣言すると、ノアは泣きじゃくるリリの両目を手で覆う。そしてキチンと結界を張ったあとで、外側の建造物の空気の取り込み口から中央へ歩き始めた。

「あいつが俺の【氷守の盾《ブークリエ・デ・グラス》】をナイフで斬った時、切断面がすでに溶けていた。水による攻撃を行ったあとだから氷の盾を出しやすかっただけなんだけど……強引に砕かれたわけではなく、魔術の盾が相当綺麗《きれい》に切断されていたんだ。おかげで戦闘開始早々、相手の奥の手は摩擦を操作する魔術なんじゃないかって疑うことができたよ」

「なんでそんな冷静なのよ……。摩擦なんて操作されたら、こっちの攻撃は全部受け流されるし、向こうの攻撃は小石さえ身体《からだ》を貫通するようになるじゃない……」

ノアが勝利を宣言してから、もう何十秒も経《た》っている。

しかし敵が再び姿を現していないので、リリも少しは落ち着いてきたみたいだった。

「そのとおりだけど、弱点もある。たとえば酸欠みたいに、目で捉えることのできない攻め筋には滅法弱い。だからこそ――」

そこまで言うと、ようやくノアは爆心地まで辿《たど》り着いた。

そして――焼け焦げた敵の死体を一瞥《いちべつ》して、本当に勝利を確信する。

「――何度も地面を掘り起こして、風の魔術で粉塵を集めて、敵と一緒に突っ込んでおいた。あとは敵が魔術で強化された斬撃を放った瞬間、従来の何十倍や何百倍の摩擦熱が起点になって、粉塵爆発が起こり、急激な酸欠で相手は倒れる」

「――すごい。冒険者って、アタシより博識なのね」

「いや……たまたま父親が学者だっただけだよ」

ふと、ノアの頭に計画の今後のことが過《よぎ》る。

リリに評価されること自体はいいことだが、違和感を覚えられるのは回避したい。

彼女が言うとおり、一般的な冒険者は貴族の令嬢にさえ博識と言われるような知識は持っていないはずだから。

「さて、とりあえず！」

「ひゃん！」

ノアは塀の中から出ると大きく跳躍して、凄惨な戦いがあった場から一気に離れた。

次に、着地すると近くにあった瓦礫《がれき》を魔術でイスに変形させて、お姫様抱っこと呼ばれるような状態でずっと抱えていたリリを座らせた。

最後に、ノアは自分が着ていたコートを脱いで、それをリリに優しくかけてあげた。

「実は俺には世界で一番可愛《かわい》い妹がいて、その妹が、すでに警邏《けいら》兵に通報しているはずだ」

「ふぇ？　え、あぁ、ぅ、ん………」

「怖かったよね。つらかったよね。でも、もう本当に安心していいよ」

「ぁ――――あぁ、ぅうぅ……、ぐす、えぐぅ……」

「うん、もう泣いていいよ。万が一、また敵が現れたとしても、俺が絶対に、キミのことを守るから」

「ぅうぅ……っ！　うわぁぁぁぁぁぁん！　怖かった！　怖かったよぉ……っ！　えぐぅ、スン！　あぁあああああああああああ……っ！　うわぁぁぁぁぁぁああああああああああああああん‼」

極限状態からの解放が約束されたのだ。一気に気が緩むのも当然だろう。リリは大きな声を上げて涙を何度も何度も零《こぼ》し始めた。

計画のことを抜きにしても、涙と鼻水でぐしょぐしょになっている女の子を見続けるのは好ましくない。

ノアはそっとリリに背を向けると、月を見上げて静かに囁《ささや》く。

「ここからが本番だな」

ノアもノアで一段落して、気の緩みがあったのだろう。

カモフラージュの魔術が解除された彼の口の中で、月明かりによってキラリと光る物が見える。それは三年前の戦争によって迫害された吸血鬼の牙だった。

二章　なりたい距離感には一発で！

リリを救い、アンジュフォール公爵の屋敷《やしき》に泊まることを許されたノアとルナ。

全てはリリに接近するための自作自演なのだが……翌朝、二人は公爵と共に朝食をいただくことも許された。

「――――ん、入りたまえ」

「「失礼いたします」」

食堂の扉をノックすると、中から入室を認める声が返ってきた。

それを聞いてからようやく、ノアが扉を開けて二人は中に入った。

「娘を救ってくれた恩人が、そうかしこまる必要はない。好きに座ってかまわないよ」

二人を出迎えたのはリリの父親、この領地を統《す》べる公爵――、

――アンドレ・アンジュフォール本人だった。

髪はリリと比べても引けを取らない黄金のようなブロンド。蒼い瞳はまるでよく晴れた日の空のように爽やかで、顔立ちは石膏《せっこう》像のように白く引き締まっている。

服の上からでもわかるほど、細身ではあるが虚弱ではない。筋肉を増やしたというよりは、無駄な脂肪の一切を削《そ》ぎ落としたような感じ。それこそ肉体美を追求した古代の彫刻のような身体つきだった。

「ほらほら、座ってくれないと朝食が運ばれてこない。運ばれてこないと、折角の朝食が冷めてしまう。私を助けると思って、多少のマナーは無視していいから」

「では、お言葉に甘えて」

「ひぅ………ぁ、ありがと、ぅ、ござい……まひゅ」

ルナは唯一の肉親であるノア以外が話し相手だと、このようにかなりの内気だった。

とはいえ、事情があって潜り込んでいるだけで、二人がいるのは親族を皆殺しにして、故郷を焼き払った帝国の内部だ。この程度の引っ込み思案で済んでいるのは、むしろ幸運なのかもしれない。

「リリお嬢様は？」

「情けない身内で恐縮だが、まだまだぐっすり夢の中だ」

「いえ、昨夜の出来事を思い返せば、休息が必要なのは考えるまでもありません。情けないとは思いませんよ」

「そう言ってもらえると公爵としても、一人の親としても助かるよ」

と、そのタイミングで三人分の朝食が運ばれてきた。

ふわっふわなクロワッサンと、ふっくらトロトロのオムレツ。

色とりどりの新鮮なミックスサラダと、丁寧にスライスされたベーコン。

コーヒーの他にはキウイフルーツやラズベリー、チェリーやブドウまで用意されている豪華っぷりだ。

「さて、昨夜は慌ただしかったからね。改めて自己紹介しておこうか。私はアンドレ・アンジュフォール。アンジュフォール領を治めている公爵だ。そして娘の命を救ってくださった二人にはお礼を申し上げる。本当に、ありがとうございました」

そう言うとアンドレは頭を下げるが……貴族にそうされると対応がわからなくなる。

ノアとしては逆に頭なんて下げないでほしかった。

「頭を上げてください、公爵様。私たちは当然のことをしたまでで、偶然、助けた相手が貴族のご令嬢だっただけなのです」

「やれやれ、若いのに口が上手《うま》いな。私の機嫌を取ってもアンジュフォール領に滞在する間の寝床と、食事と、多少の路銀しか出てこないぞ」

「いえいえいえいえ！　充分です！　充分すぎます！」

アンドレは頭を上げながら二人のことを茶化した。

一方で、それを確認してからノアとルナも改めて、彼に対して自己紹介を始めた。

「改めて自己紹介をするならば、公爵様ではなく、まずは私たちの方からするべきでした。申し訳ございません。改めまして、私はノア……ブランルリジオンと申します。三年前の戦争で親も家も失ったため、今は各地を旅しながら魔物退治や秘境の開拓などを行って生計を立てています」

「ぃ……妹…………の、ルナ……ブランルリジオン、です……。よ、よろ、しく……お願い……します……」

「やはり戦争によって、妹は極度の人見知りになってしまいました。何卒《なにとぞ》、ご寛大な御心でお目こぼしいただけると幸いです」

「あぁ、かまわないよ。キミたちが今までの人生で、その年に見合わない苦難に何度もぶつかってきたことは容易に想像できる。先ほど、滞在する間の寝床と、食事と、多少の路銀しか出てこないと言ったのは冗談ではない」

「「…………えっ？」」

「娘を救ってもらった礼が言葉だけでは足らんだろう。終点がどこなのかは知らないが、旅を再開するまで、少しでもこの屋敷で休んでいくといい」

「「……っ、ありがとうございます！」」

それについては本当に嬉《うれ》しい誤算だった。

リリを攻略する上で、なるべく彼女に接触しやすいところに滞在するのは必須。

だから二人はアンドレと交渉して、娘を助けた褒美《ほうび》として屋敷での滞在を上手く要求するつもりだったのだが……まさか向こうから言い出してくれるとは。

「まぁ、折角の自己紹介だ。もう少し私のことを知ってもらおう。趣味は家庭菜園で、好きなモノはワイン。あぁ、もちろん領地のことを愛しているぞ」

「……………え？　朝から、ワインですか？」

会話が発生したため、ノアもルナも、一度手を止めてアンドレに視線を向ける。

確かによく見ると、彼の席にだけ、コーヒーではなくワインがあった。

「フッ――ではここで、公爵自ら旅人兄妹《きょうだい》に歴史の授業だ」

「「…………え？」」

「安心してほしい。領主として、他人にエルフという種族のことや、領地のことを説明するのには慣れている。解説に、一定のクオリティは保証しよう。これを聞き終わる頃にはキミたちも朝からワインをガブ飲みするようになるはずさ」

「はぁ……」

（お兄ちゃんがオジサンの長話に巻き込まれました……）

これは長い、きっと長い、と。ノアもルナも退屈を覚悟した。

「エルフという種族は神話の時代に、神の声を聞きたい！　と、数世代にわたりそう祈り続けた原初の人間集団の子孫と言われている」

（知っている……）

（ここに乗り込む前に勉強しています……）

「ちなみに、そうだな……。獣人の場合だと、ライオンやオオカミを神格化して崇拝していたと言われていたり、吸血鬼の場合だと、他の動物の栄養満点な骨髄を啜《すす》って賢くなった一部の人類が、血こそが進化の象徴だと信仰し続けた結果と言われたりしているね」

「吸血鬼に関して言えば…………聖天教会の考え方とは違いますね」

「俗に言う魔族に知り合いがいたわけじゃない。けど、長い時を生きるエルフとしては急に作られた定義だからね。もしかしたらキミたちは神の敬虔《けいけん》な信徒なのかもしれない。そして聖天教会に入信しているエルフも当然、存在している。でも、アンジュフォール領では他の土地と比較して、その考え方があまり浸透していないんだ。ここではノーコメントを貫くのが無難だってことをアドバイスしておくよ」

「わかりました、ありがとうございます」

「――――ぁ、ありがと、ぅ、ござい、ま……す」

その情報自体は知っていた。俗に言う魔族への差別意識が少ないからこそ、計画のスタート地点に選んだのだ。

が、改めて領主の口から直接、その情報を聞くことができたのだ。ノアもルナも、思わず感謝の言葉を口にする。

「そもそもエルフは信仰の果てに『神の声を聞くのに充分とされる寿命と聴力』と、耳に限定されるが『他種族を遥《はる》かに超える魔力感覚』を獲得したんだ。そんな私たちがまだ神の声を聞けていないのに、教会の上層部はどうやって神の声を聞いたんだろうね」

一息でそこまで言うと、アンドレは喉を潤すようにワインを一口、口に含んだ。

「おっと、失礼。こんな暗い話はどうでもいい。朝からワインを飲んでもいい理由だったね」

（それについてもどうでもいいんだが……）

「この屋敷の裏手、アンジュフォール領の中心には樹齢何万年の神樹《しんじゅ》がそびえたっている。我々の祖先が祈る対象だったから魔術を使えるようになったのか、もとから魔術を使えたから祖先が神を見出《みいだ》したのか。今を生きる我々に知る術《すべ》はない。しかしとにかく、簡単な魔術を使えて、雷による火災程度なら自力で対処するのが我らの神樹だ」

「へぇ、すごいですね」

「あぁ、おかげでこの屋敷は帝国で一番日当たりが悪い屋敷として有名なんだよ」

「そうなんですね」

（お兄ちゃんの相槌《あいづち》から語彙力が失われています……）

「このように神樹は太古より特別な存在だったわけだ。そしてだからこそ、エルフは神樹を中心に街づくりを始めた。大自然に神を見出していた祖先は森林を切り倒すことに抵抗があったそうだが……都合がいいことに、神樹が一帯の栄養を独占して空き地ができたらしいからね」

「いい感じに噛《か》み合っていますね。今では論理的に説明できることでも、当時は神様からの恩恵だと解釈されたでしょうし」

「うん、十中八九、当時はそういう感じだったんだろう。そして逆に、神様からの恩恵だと解釈されていたことも論理的に説明できるようになって、純粋な信仰が減った今だと、もう新しい種族が生まれてくることはないんだろうね」

ワインを飲み終わって、アンドレはグラスをテーブルに置いた。

「さて、それで、だ。こうしてエルフは二つのスキルを手に入れて、そして森と共に生きていくことになった。エルフは森を神のように愛して、森からの恵みは神からの恵みだと考えるようになった」

「……ここまでだと神秘的な話で終われそうですね」

「まぁ、待ちたまえ。そう終わりに急ぐ必要はない」

（終われよ）

（終わってください……）

ちょうどそのタイミングでワインを抱えたメイドがやってきた。

そしてアンドレのグラスにそれを注いで去っていく。

「ワインの原料はブドウで、つまり植物だ。エルフの理屈で言うと植物も神の恵み。ブドウが神の恵みなら、それが原料のワインも神の恵みと言って過言じゃない。だから、私が朝からワインを飲むのも、なにもおかしなことではない！」

「ええ……、とんでも理論すぎませんか？」

「ふぇ……、勉強、した、内容と……違いすぎ……ます。これ、が……エルフの、実態」

「そんなわけないでしょッッッ！」

「ひぅん!?」

突如、食堂の扉がノックもなしに勢いよく開かれる。

怖がってビクッと跳ねるルナが視線を向けると、そこにはリリが立っていた。

「それは身体《からだ》に悪い嗜好《しこう》品を正当化する時に使われるエルフジョークよ！」

「昔はみんな使っていたんだけど、今の若い子にはあんまり通じないようだね」

「……ちなみにですけれど、昔って、具体的に何年前ですか？」

「えっ？　一〇〇年ぐらい前かな？」

「両親さえ生まれてないです……っ！」

通じるものか、そんなモノが！　と、ノアは内心でさらに毒づいた。

「それよりもリリ、お客人の前だ。特にお前にとってはただのお客人ではなく、命の恩人でもある」

「うぐ……っ！」

「この二人に対する失礼は身内だからこそ許されないぞ」

「…………はい」

父親にそう言われて、リリは姿勢を正してノアとルナに向き直った。

「改めまして、アンジュフォール公爵家の四女、リリ・アンジュフォールと申します。昨夜は命を助けていただき、本当にありがとうございました。そして正式なお礼が日をまたいだことと、命の恩人に対して挨拶を忘れて失礼な態度を晒《さら》してしまったことを、謝罪させていただきます。誠に申し訳ございませんでした」

貴族な上に強気な性格のリリだったが、キチンと素直に頭を下げた。

そして頭を上げたタイミングでリリとノアの目と目が合うのだが——バッ、と、彼女はすぐに目を逸《そ》らして頬をわずかに赤らめた。

ノアの方は（あぁ……、命を救ったから嫌われてはないはずだけど、裸を見ちゃったからなぁ……）と考えていたが、ルナは違う。昨夜の顛末《てんまつ》はノアの共犯者としてルナも把握していたが、彼女の方は（恩人とはいえ裸とお漏らしを見られて恥ずかしいだけの場合、わたしならもっと屈辱的な表情になってしまいます。この焦《じ》れったそうな感じはいい傾向ですよ、お兄ちゃん）と考えていた。

「全然かまいませんよ。昨日はお疲れになられたでしょうし、休息は必要でしょう。それよりも、キミが無事で本当によかったです」

「え、えぇ……ありがと」

「どういたしまして。キミの分の朝食も公爵様が用意して——」

「ないよ」

「「「……………え？」」」

ノアとリリだけではなく、貴族令嬢攻略モードに入った兄を静観していたルナでさえ、アンドレの否定に間抜けな声を出してしまった。

「私だって娘のことを心配していた。娘が生きていてくれて本当に心から安堵《あんど》した。絶対に疲れているはずだから、早めに寝かせてあげようと考えていた。そして仕方がないとはいえ、昨日は説教する時間がなかった」

「ぁ…………はい」

「すまないね、二人とも。私はこのバカ娘を説教しなければならない。リリ、お前の朝食と昼食は説教のあとだ」

◇◆◇◆

数分後、ノアとルナにあてがわれた部屋にて──、

「お兄ちゃん、いいですか？　リリさんは少なからず傷心中のはずです。決して彼女の言葉を否定しないようにしてください」

「傷心中の相手には性別関係なくそのとおりにするよ」

「うんうん！　お兄ちゃんが女の子との接し方を覚えてきて、わたしも鼻が高いです」

「あとは……なりたい距離感には一発で、だったな」

「そのとおりです！　本当は最初から知っていましたが……向こうが貴族の令嬢だと知った今、許可なく名前を呼んだら無礼者という印象を持たれます。しかし、いつまでもお嬢

様と呼び続けていても、明確に上下がある関係性で固定されてしまいます。やっぱり誰かと恋人になるためには、適切なコミュニケーションと、対等に近い関係性が必要不可欠です。ですので、お兄ちゃんには可能なら今日中に、リリさんのことを名前呼びできる関係になってほしいところです」

「了解。例の質問が飛んできたら、予習したとおりに答えるよ」

「それでは作戦開始です！　わたしはこの部屋を中心に、存在可能領域の限界を確かめてきますね！」

◇◆◇◆

「はぁ……どうすれば、よかったのかな」

空が茜色《あかねいろ》に染まり切り、幻想的な夕日が赤らむ木々の向こう側へ沈む時間帯。

夕食までの少しの時間、ようやく罰から解放されたリリは屋敷《やしき》の庭園で黄昏《たそが》れていた。

説教自体は確かに昼食までに終わったが、それを済ませたあとには勉強が待っていたのだ。

「――大人しくこの屋敷で外の世界を知らないまま、つまんねぇ、くだらねぇ、って、愚痴を零《こぼ》している方が自分のため、か。やっぱり、そのとおりなのかもしれないわね」

ふと、リリは庭園の池に小石を叩《たた》き込んだ。

水に八つ当たりしたところでなにも変わらない。それどころか、自分の滑稽さがさらに浮き彫りになるだけだ。

しかしそれでもなお（なんか動きたい！）という衝動を発散せずにはいられなかった。

「ここにいたんですね、リリお嬢様」

「ひゃぁい！」

背後から声をかけられて、リリは思わず間抜けな返事をしてしまう。

軽く前髪を整えて振り向くと、そこには予想どおり、身を挺《てい》して自分の命を救ってくれた恩人――ノアがいた。

「な、っ、なにか用かしら？」

「えぇ、まずはリリお嬢様に謝罪をと思いまして」

「は？　謝罪？　アナタが？　アタシに？」

リリからしたら、意味不明にもほどがある。

が、混乱するリリをいったん無視して、ノアは彼女の前で片膝を突いて頭《こうべ》を垂れた。

「昨夜は公爵家の姫君とも知らず、やたら無礼な言葉遣いをしてしまいました」

「いっ、いいわよ、そんなことなんて！　知る由《よし》もないんだし！」

「ですが、知ったからには許しを乞わなくてはなりません」

「うぅ〜、わかった、わかったわよ！　わかったから頭を上げてちょうだい！」

「ありがとうございます、リリお嬢様」

「ぐぬぬ……、真面目過ぎるのも考えものよ」

ノアが立ち上がると、リリは池を眺めるために作られたベンチに座った。

そしてノアのことを上目遣いで見て、自分の隣の席を手でポンポンポン！　と連続で叩き、彼に座ることを促した。

流石《さすが》にここまで促されて座らないのは逆に失礼だ。ノアはもう一度だけ軽く頭を下げると、リリの隣に腰を下ろした。

「まずは謝罪って言ったわよね？　他にも用があるの？　なくてもお喋《しゃべ》りに付き合いなさい。昨夜アタシのことを名前で呼んだ罰だと思って」

（昨夜のことについて、わかったって言ったじゃん！）

矢継ぎ早にリリは言葉で押していく。相当そそっかしい性格のようだ。

「お嬢様が話したくないことを、無理に聞き出そうとは思いません。そういう大前提を踏まえての質問なのですが、どうして、家出なんて考えたのでしょうか？」

「……贅沢《ぜいたく》な悩みかもしれないけど、外の世界を、知りたかったのよ」

ひとまずは落ち着いて、ポツポツ、と。

まるで葉から零れ落ちる朝露のようにゆっくりと、リリは質問に答え始めた。

「エルフは……ね。他種族は短命だから政治は任せられないという価値観が当たり前なのよ。確かに貴族は襲名制だけれども、別に銀行や、民間の事業組合はそんなことないでしょう？　けど、このアンジュフォール領に限らず、エルフが人口の大多数を占めるところでは圧倒的な村社会が築かれやすいの」

「だけど、ご自身はそういう閉ざされた環境に嫌気が差していた、ということですか？」

「そうなのよ！　そういうこと！　この屋敷がこの世界で、とても恵まれた空間だってことは理解している。ただ、それを理解した上で、もっといろんな場所に行ってみたい。いろんなモノを見て、触って、いろんな種族と交流したい。そしてそれを我慢できない」

「外の危険性を把握した上でそう仰《おっしゃ》るのであれば、確かに私も、外出するか否《いな》かはお嬢様の自由かと思います」

ウソは吐《つ》いていない。

ノアとしてはそれでも屋敷に籠っていた方が賢明だと考えている。屋敷の外では誘拐や詐欺、強盗や強姦《ごうかん》がありふれているのだから。しかし、選択肢自体が存在しないのも彼の価値観で言えば考えものだったのだ。

「そう思うわよね？　や～っと話をちゃんと聞いてくれる相手に巡り会えたわ！」

（ゴメン、話をちゃんと聞くのは詐欺師だからなんだ……）

「アタシ、昔から落ち着きがなくて思い込みが激しいって言われていたんだけど、そうじゃないのよ！　アタシがエルフでは珍しい考え方をしているにしても、みんな最後まで話を聞いてくれないのよ！　ねぇねぇ！　やっぱりもっとお喋りしましょう！　アタシ、誰かと話すの好きなのよ！　これは命令！　昨日、アタシを呼び捨てにした罰に、このアタシのは……っ、〰〰っ」

「は？」

「〰〰っ、は、っ、裸を見た罰を上乗せするわ！」

昨日の醜態を思い出したのだろう。ノアはリリの裸を見たどころか、さらにお漏らしまで見て、その状態の彼女をお姫様抱っこしている。リリは顔を真っ赤にして、常時より三割増しの早口で言い切った。

会話というにはかなり一方的だが、コミュニケーションを取ること自体はノアの思惑通りだ。彼は頷《うなず》き、リリに続きを促した。

「かなり溜《た》め込んでいたようですね。私でよければいくらでも付き合いますよ」

「わかっているじゃない！　それでそれで！　アタシには四人の兄と三人の姉がいるのよ。確かにお兄様もお姉様も帝都で仕事をしていたり、他の貴族に嫁いだり、別の地域に留学したりしているわ。でもそこだって、朝、目が覚めたら美味《おい》しいものが勝手に出てきて、自分が可愛《かわい》いと思う服を好きに着られて、ふかふかなベッドでぐっすり眠れて、使用人だって付いている。結局は管理された箱庭だと思わないかしら？」

「そうですね。外出に制限があり富裕層の暮らしが続いているなら、本質的にはこの屋敷となにも変わらないでしょう」

「そうそう、そういうことよ！」

リリはうんうんうんうん！　と、何度も頷きながら、ブンブンブンブン！　と、イヌの尻尾のように何度もエルフ特有の長い耳を上下に揺らした。

本当に落ち着きの欠片《かけら》もない。

「アタシはもっと庶民の暮らしとか、かつての戦地とか、自然遺産とか、魔物がウヨウヨしている秘境とか、世界の大変な部分まで自分の目で見てみたいのよ。犯罪に巻き込まれたいわけじゃないし、恐怖を覚えないわけじゃない。ただ自分の知らないモノに対しての興味が、恐怖をちょっと上回るだけなの」

「ちょっと？」

「ちょっとよ！」

完全同意モードのノアでさえ、思わずその部分については訊《き》き返した。

しかしリリは自信満々にその豊満に膨らんだ胸を張って断言する。続いて女の子らしく丸みを帯びた脚を組んで、上に乗せた方の左脚をパタパタし始めた。

「…………たくましい、ですね。あくまでも一般論ですが、昨夜のようなことがあれば、引きこもりになってしまうのが、普通のリアクションのはずですし」

「ふふん！　お褒めにあずかり光栄だわ！」

（褒めてねぇよ！）

内心でノアは突っ込んだが、リリは両手を腰に当てて子どものように威張っている。

「確かに昨日は本当の本当に、泣いちゃうぐらい怖かった。アナタが助けに来てくれたのは奇跡的な結果論で、普通に考えたらアタシ、死んでもおかしくなかったわけだし」

「そ、っ、そうですよね！　怖かったはずですよね？」

「でも、アナタのおかげでアタシは生き残れた。本当に感謝している。そしてアナタのおかげで生き残れたからこそ、昨日の事件はアタシの中で、滅多に遭遇することができない珍しい経験ってことにすることができたのよ。まぁ、いくらアタシでも、こういうのは人生で一回経験すれば充分だけど」

(そうはならねぇだろ!)

どれほどメンタルが強ければここまで完璧な切り替えができるのだろうか。

ノアは言いたかった言葉を飲み込み、少しだけ考え込む。

(リリの話を全肯定すること自体は簡単だ。でも、全肯定しただけじゃこの子の攻略は前に進まない。早速、型から外れたアドリブが必要なのかもしれないな)

昨夜のイベントのおかげで、幸いにも貴族令嬢と比較的対等に話せている。

しかし、いくら初手から好意的に思われていると言っても、この関係性が恋人同士のモノかと言えば――違う。

となれば、さらに関係性を進ませるような一手が必要だった。

「お嬢様はまだ、屋敷の外に出てみたいと考えておいでですか?」

「アナタがアタシを守ってくれた。だから昨日のこと、トラウマになってないし、屋敷の外に出てみたいという気持ちは当然あるわ。でも……」

「でも?」

ここで初めて、自信満々だったリリが言葉を濁した。

「――大人しくこの屋敷で外の世界を知らないまま、つまんねぇ、くだらねぇ、って、愚痴を零している方が自分のため、って、そう言われたことがあるのよ」

（正直、俺だってそれがキミのためだと思うよ）

「興味が消えていないだけで、アタシが生き残れたのは結果論っていう認識も、当然あるのよ。今まで意に介していなかっただけで、アタシが周りから変な子だと思われていたのにも気付いていた」

「そうだったんですね」

「ええ、それで、実際に外出に挑戦して、呆気《あっけ》なく失敗して、いくらなんでも流石にお父様を心配させたと思ったのよ。お父様、昨日は泣いてくださった。アタシにいくら落ち着きがないと言っても、親に泣かれたら少しは立ち止まって考えるわ」

ふと、ここでノアは自身に与えられた選択肢について考える。具体的には『リリのために大人になることを促す』か『リリの気持ちを尊重して外出の手助けをする』かだ。

少なくとも現時点でノアがリリのことを考えるなら、前者の選択しかありえない。

しかし立ち止まっただけで、当の本人の中に外の世界への憧れが存在していることも、また事実。その上、ノアが前者の選択をしなくても、そちらを試した大人はすでに何人もいたはずだ。

ならば――、

「お嬢様、外出を企てたのは今回が初めてだったんですよね？」

「えっ？　ええ、そうね、昨日の計画が初めてよ」

「お嬢様がご自覚なされているとおり、昨夜、私の助けが間に合ったのは結果論なのかもしれません。しかしそのようなことを言い始めたら、犯罪者に誘拐されたのも結果論かもしれませんよ？　お嬢様がやっとの思いで辿《たど》り着いた初めての外出だったのかもしれませんが、傍《はた》から見れば人生で何度も繰り返すこと、そのうちのたった一回にすぎません」

「――――ノア、そう言ってくれて、ありがとう。そんなこと言われたの、ホントのホントに、アタシ、生まれて初めてよ」

楽しそうな笑顔ではない。心の底から嬉《うれ》しそうに、蒼《あお》い瞳を潤ませながら、リリはノアと出会って初めてお淑《しと》やかに微笑《ほほえ》んだ。

そしてそのタイミングで彼は立ち上がり、彼女の前で改めて片膝を突く。

「リリ・アンジュフォール様、私を護衛として雇いませんか」

「うぇ!?　護衛？　ノアが、アタシの？」

「私の実力はすでに知ってのとおりでしょう。公爵様も護衛がいるなら安心して、少しは外出を許してくださるかもしれません。いかがでしょうか？」

「ノアがアタシのナイトになっても、お父様が認めてくださらなかった場合は？」

「約束を交わした時点で、私の主人はリリ様になります。公爵様が認めてくだされば、それに越したことはありません。ですがそうならなかったとしても、主人の御心が第一です」

「………報酬は？」

「すでに昨夜の褒美《ほうび》として、公爵様より路銀をいただくことになっております。リリ様は本来、二泊三日の外出をしようとされたのですよね？　でしたらこの街にいる間はその資金で、ずっとリリ様をお守りいたします」

「いや、そもそもどれぐらいの日数滞在するのよ⁉」

「自由に旅をしてきたので具体的な日数は考えていませんでしたが……せっかくです。約束を交わすことになったなら、リリ様が外出に満足されるまでここにいますよ」

いくら路銀をもらえることが確定していると言っても、タダで護衛すると言えば違和感を持たれる。これぐらいが怪しくもなく卑《いや》しくもない落としどころだった。

また、リリを攻略したいノアたちは実際に、滞在期間を日数では考えていなかった。しかしこのような言い方をすれば、攻略度合いにあわせて滞在日数を変えることができる。

「なら――――この面接、最後の質問よ」

「なんなりとご質問ください」

「どうして、出会ったばかりのアタシにそこまでしてくれるの？」

質問された瞬間、（きたか……っ）と、ノアは内心、緊張する。この質問は絶対にされる上に、答え次第で好感度をかなり上げられることもあれば、一気に疑念を抱かれることもあり重要度が高い。だからこそ、ノアはルナと共に予《あらかじ》め答えを考えていた。

それを最大限効果的に伝えるために、ノアは片膝を突くことをやめて立ち上がった。

「昨夜、リリ様を助けた時、私は助けた相手が貴族のご令嬢だとは知りませんでした。それでも身体《からだ》が動いたのは、相手が誰であろうと心配だったからです」

「そして、今も？」

「はい、たとえリリ様が公爵家の娘ではなかったとしても、出会ってから一日さえ経《た》っていなくても、知り合った相手が犯罪に巻き込まれる可能性があることをするなら、心配するのはおかしなことではないと思います」

「ふ〜ん、なるほどね。わかったわ」

「とはいえ――」

「なによ？」

「――誘拐未遂から一晩明けただけで次のお出かけのことを考えられる女の子は、この世界にリリ様一人しかいないような気もしますが」

「ふんっ、褒め言葉として受け取っておくわ！　昨日命を懸けてアタシを助けてくれた相手が言ったから、そういう無礼な発言も許すのよ？」

　そこまで言うと、今度はリリの方が立ち上がった。

「いいわ！　今、この瞬間から、ノアはアタシの護衛！　アタシのナイト！　昨日言っていたわよね？　万が一、また敵が現れたとしても、俺が絶対に、キミのことを守るから、って！　有言実行してもらうわよ！」

「えっ？　混乱していたのに、よく覚えていますね……」

「と、っ、当然よ！　実際、こう言ってくれたから、安心して思いっきり泣けたわけだし……」

　頬を赤らめて、リリはノアから目を逸《そ》らした。

　想像を絶するほど自信満々な彼女だが、この素直な発言は恥ずかしかったらしい。

「コホン！　とにかく！　この約束はこれからも守ってもらうわよ！　でないと打ち首♪　打ち首♪　なんだから！」

「かしこまりました、ご主人様」

　リリの冗談めかした言葉に、ノアも冗談めかして返事する。

　最初のイベントでリリからの好意を相当稼いだ甲斐《かい》もあり、割とスムーズにノアは目的のポジションに収まることに成功した。

「さて、公爵様を説得する前に早速ですが提案があります。互いの呼び方のことです」

「察したわ。外出時、アタシのことをご主人様かお嬢様と言って恭《うやうや》しく後ろを歩く付き人がいたら、確かに余計なトラブルに巻き込まれかねないわね」

ノアが提案の詳細を語る前に、リリは本当に全部、その内容を当ててみせた。

「ですので、外出時だけでも名前で――」

「そんな制限いらないわ、まどろっこしいもの。屋敷《やしき》の中でも外でも、アタシのことをリリって呼んでいいし、好きに喋《しゃべ》りかけてくれてかまわないわ。いえ、これはむしろ命令。アタシのことはリリって呼んで。社交辞令は不要だから、言いたいことはストレートに言ってちょうだい」

リリが貴族の中でも相当型破りな性格なのはすでに思い知っていた。

が、自分から他人への行動ではなく、他人から自分への呼びかけにも興味がないのは、予見できても実際に言われると驚きを覚える。

「わかったよ、これからよろしくね、リリ」

「えぇ！　こちらこそよろしく、ノア♪」

三章　恋愛はなにがどう転んでも美味《おい》しくなるように！

「――ということがあって、当初の計画どおり、リリのことを名前で呼ぶことができて、外出に付き合ってもおかしくない関係を構築できた」

夕食のあと、ノアとルナの暫定的な自室にて――、

ふかふかの二台のシングルベッド、その片方に腰掛けながらノアは語り始める。

二台のベッドの間には木製のサイドチェストがあり、さらにその上には橙色《だいだいいろ》に染まるガス灯があって部屋を照らしている。

窓際《まどぎわ》にはテーブルと、やはり二脚のソファがあり贅沢《ぜいたく》なことこの上ない。窓から外を見下ろすと、先ほどノアとリリが話していた庭園の全容がうかがえる。

ルナはその窓際に立ったまま、ノアからの報告を静かに聞き続けた。

「やはり計画どおりに、次はアンジュフォール公爵の説得に挑む」

「まぁ、説得に関して言えば形ばかりのモノです。どんな結果になろうとリリさんの外出を応援することになりますけどね」

「個人的にはやっぱり、説得を成功させたいけどね」

「モノは考えようですよ、お兄ちゃん。説得が失敗したら失敗したで、親の反対を押し切り秘密のデートをする、というシチュエーションで恋を盛り上げていけばいいんです。熱い展開です。わたしがお兄ちゃんにされたら胸がキュンキュンしちゃいます。もう親なんていませんけど！」

「やめろ！　そのブラックジョークは俺にも効く！」

とはいえ、親族が全滅したのも故郷が焼き滅ぼされたのも、過去の話だ。

想像を絶する精神構造をしているリリのように一晩で過去にできたわけではない。が、三年も経てば、少しはジョークとして扱えるようになってくる。

「それでですが」

「うん？」

「その説得は明日以降ということになったんですか？」

「いや、正直、今日やらないなら明日以降になるのは当然なんだけど、具体的なことについては話せなかった」

「ふぇ？　な、っ、なんでですか？」

「リリの罰がまだ残っていたんだ。現に今も罰として課された勉強に励んでいる」

と、ノアが事情を説明した瞬間、ルナは盛大な溜息《ためいき》を吐《つ》いた。

「ハァ〜〜〜、やっぱりお兄ちゃんが恋人さんを作るためには、わたしのアドバイスが必要なようです」

「えっ⁉　ミスしたか、俺⁉」

「悪印象を与えるようなことはしていません。ですが、好感度を上げることができるタイミングでなにもしないのもミスと言えます」

利益を最大化できていない、という意味だろう。

損失自体はないのかもしれないが、このミスを何回も繰り返していたら、最終的な好感度に大きな差が出るのかもしれない。

「何度も言いましたが、女の子はなんだかんだ言っても結局、自分のために頑張ってくれる男の子を好きになります。そして今こそ、その教えに従って動くべきです」

「っっ！　ありがとう、ルナ！　ルナのおかげで気付けたよ！　リリが勉強している間に公爵との交渉を済ませてくる！」

思い立ったら即行動。そう言わんばかりにノアは勢いよく立ち上がりルナに感謝した。

一方で、最愛の兄に感謝されてルナは頬を赤らめて身体をモジモジ揺らした。

「えへっ、えへへ〜〜〜っ！　お兄ちゃんに褒められちゃった！　嬉しい！　お兄ちゃん、計画が終わったらいっぱい頭を撫《な》でてくださいね！」

「もちろん！　いつか絶対に頭を撫でるしハグだってするよ！」

◇◆◇◆

公爵の執務室の前にて、扉をノックすると数秒後、中から「入りたまえ」という声が聞こえてきた。

「ご多忙のところ、失礼いたします」

「おや、早速路銀の支払いを急《せ》かしにきたのかい？」

「えっ⁉　いえっ違います！　本当に別の用件があり足を運ばせていただきました！」

「アッハッハッ！　冗談だよ。しかし、いいリアクションをしてくれるね。最近は子どもたちどころか、使用人さえ公爵ジョークに動じないから焦《あせ》ってくれて嬉しいよ」

「は、はぁ……」

本人には一切悪気がないのだろうが、ノアは早速会話の主導権を奪われてしまう。

「さて、話を遮って悪かったね。改めて本題を聞こうか」

「――リリお嬢様の外出についてです」

促されたとおりに本題を口にした瞬間、アンドレの目尻がピクッと動いた。

「質問したのは私の方だが、随分とストレートに言うね」

「腹の探り合いで公爵家の当主様に刃向かえるなど、微塵《みじん》も考えられません」

「リリに雇われたのか？」

「それについては否定しません。ですが、その契約を結んだのは自分の意思です」

ふと、アンドレは考え込んだ。

彼はウソ偽りなく、娘の命を救ってくれた恩人二人に感謝している。だが――、

（昨夜の事件はこちらを一度油断させる演技で、外出した先で改めてリリを誘拐する気か？　いや、それなら昨夜の時点で完遂させた方が賢い。目撃者が一人もいない状態だったのだから）

いかに恩人だろうと、まだ出会って一日も経っていない。アンドレの目線ではこの兄《きょう》妹《だい》が犯罪者集団さえ利用して屋敷に侵入した謀略家という可能性が消えていないし、実際にそのとおりなのだ。貴族である以上に親として、ノアを警戒することはおかしくない。

（となると、助けた相手が偶然貴族の娘だったから、誘惑してこの家の一員になろうという魂胆か？　親が死んで家もない状況で妹と二人旅。そのことを考えると、やはりこの可能性が一番高そうだな。ならば――）

方針を決めると、アンドレは執務をするための机の下にある金庫に手を伸ばした。

そしてダイアルを回して一つ目のロックを外し、鍵で二つ目のロックも外す。最終的には魔術による指紋認証をクリアしてようやく扉が開き、その中から大量の通貨を取り出した。

「きたまえ。まずはこれが昨夜の褒美《ほうび》の路銀だ。ちょうどいいから今、ここで渡しておく。無駄遣いしなければ兄妹二人で一ヶ月は暮らしていける額だ」

「――ありがとうございます。では、これについてはちょうだいいたします」

ノアはアンドレが紙幣を入れて机に置いた封筒を上着の内ポケットにしまった。

「そのような言い方をしたということは、お金では屈しないということかな？」

「どのような相手にどれほどの額を提示されても、主人を裏切ることはありません」

「キミたちは冒険者で、行く先々で依頼を受けて生計を立てていたはずだ。腕利《うでき》きのキミたちに依頼を考えている私としては、理由まで答えてくれないと納得できない」

「買収を容認すれば短期的には懐《ふところ》が豊かになります。ですが、ノアとルナの二人組は買収が可能という評判が広がり信頼を失えば、仕事が減って長期的には損失です」

ノアの答えを聞いて、アンドレはイスに大きくもたれかかる。

続いて（この理由を提示できる相手だと金は無意味だな）と即決して、アンドレは通貨を金庫にしまい直した。

「こちらの意向についても察しているはずだが、私はリリの外出には反対だ。昨夜、誘拐未遂と強姦《ごうかん》未遂に遭ったからではない。あの子がたった一晩で、事件なんてなかったかのように、再び外に憧れているジッとしていられない性分だからだ」

「なるほど」

つまり、仮に昨日なんの事件も起きなかったとしても、リリがあのような性格をしている以上、いつかはなにかに巻き込まれる、というのがアンドレの言い分なのだろう。

「そもそも、キミはなぜ私に交渉を持ちかけた？　今の主人の命令は公爵の言葉より重みがあるのだろう？　キミの実力ならば交渉なんてせずに、リリを屋敷から抜け出させることぐらいできたはずだ」

「公爵様からの同意が得られるなら、それに越したことはありません」

「誠意を示し、貴族の顔を立ててくれるのは結構だ。しかし、交渉に失敗すればリリの監視は強くなるぞ」

「その場合は主人が脱走を命じて、私がその監視を凌駕《りょうが》すればいいだけです」

公爵に睨《にら》まれてもなお、ノアは目を逸らさない。

どのような理由があるかアンドレには不明だったが、年齢からは想像できない度胸があるようだった。

「なるほど。交渉に成功しても失敗しても、リリを連れ出すことを心に決めている。だから、同意を得られたらラッキー程度の心構えでこの交渉に挑んだわけかな？」

攻め方を変えて、アンドレはノアを煽《あお》るようにそう言った。

「それは違います。改めて言わせていただきますが、公爵様からの同意が得られるなら、それに越したことはありません。ですから、ここにきたのです」

「そういうことはなんとでも言える。自分の心に関することなら、ウソが露呈することはないからね。娘を助けてもらって感謝はしているが、護衛を任せられるほどではない」

「出会ったばかりの私を信頼できないのは自分自身、当然のことだと思います。ですが、そう仰《おっしゃ》るのであれば冒険者協会にお問い合わせください。魔術を用いた戦闘経験や、今まで受けてきた依頼については冒険者協会に公的な記録が残っています。公爵様ならその記録に簡単にお目通し可能なはずです」

「なるほど、それを見ればキミたちが今まで積み上げてきた実力と善行を確認できるというわけか」

「仰るとおりです。実際にお目通しいただければわかることですが、およそ二年と半年分の記録が残っています。エルフにとっては浅い時間かもしれませんが、人間にとっては長い年月ということをご理解いただければ幸いです」

　ここで再度、アンドレは考え込む。

（もしこの子たちがお金目当ての犯罪を考えていたとして、そんな数年単位で大掛かりな仕込みをするだろうか？　しかも大人の二年間ではなく子どもの二年間だ）

　この自問自答に時間は必要なかった。

　アンドレは内心で静かに首を横に振る。

（いや、疑う余地のない前提として、少なくともノアくんには冒険者として稼いでいける実力がある。つまり、その日の糧《かて》に困るほど貧困に喘《あえ》いでいる、ということはない）

「いかがでしょうか？」

「少なくともキミが金銭目当ての不届き者ではないことは信じよう。しかし、なぜそこまでリリに肩入れする？　キミにとっても、リリは出会って一日も経《た》っていない相手だぞ」

「昨夜、私が主人を助けた時、私は助けた相手が公爵様のご令嬢だとは知りませんでした。それでも身体《からだ》が動いたのは、相手が誰であろうと心配だったからです」

　リリに一度説明したおかげで、ノアがこの言葉に詰まることは特になかった。

「これはご本人にもお伝えしたことですが、たとえリリ様が公爵家のご令嬢ではなかったとしても、出会ってから一日さえ経っていなくても、知り合った相手が犯罪に巻き込まれる可能性があることをするなら、心配するのはおかしなことではないと思います」

「――――結局、キミの性根を信じるか否《いな》かの話に戻ってきたか」

「再三ですが、私を信じられないことは理解できます。ですがお父様として、私を護衛に任命したご令嬢の目を信じることはできないでしょうか？」

拒絶されても無視して外出するから交渉しにきたのか。

それとも本当にアンドレからの同意が得られるなら、それに越したことはないと考えているから交渉に挑んだのか。

ノアがどちらの考えでここにきたのかと言えば――どちらも彼の本心だった。

とはいえ交渉する以上、せめて一つはその材料を持っておくのが当然だろう。

「私は雇われた上に心配だから、主人の応援をしています。ですが公爵様も、ご令嬢を屋《や》敷《しき》から出さないことは対処療法で、根本的な解決にはなっていないと、お気付きになられているのではないでしょうか？」

ノアの場合、それはアンドレの娘であるリリ自身。昨日から今日にかけて、アンドレがリリのことを親として心配しているのは把握済みだ。となれば、富も名声もある公爵に提示できるメリットは娘の成長をおいて他にない。

もっと言うなら、ノアはこの提案が通用しなければ、それでもう交渉は諦めて、明日からのプランを『親に内緒で秘密のデート』で確定させる気だった。

しかし——、

「…………ハァ、いいだろう。私は公爵だけど、その前に子を持つ親だからね。そういう言い方をされるのが一番弱いんだよ」

「ご令嬢の外出を、認めていただけるんですね？」

「リリの性分はキミももう把握しているだろう。帰宅の時間や行っていい場所など、制限は絶対に設けさせてもらう。だが、娘のことは任せよう。キミを信じた娘のことを信じるよ。それにキミの言うとおり、私のやり方が根本的な解決になっていないということには気付いていたしね」

「ありがとうございます！」

◇　◆　◇　◆

「ただいま、ルナ。公爵との交渉は成功した。リリには明日の朝に伝えようと思う」

「リリさん、まだ勉強中なんですか？」

その後、ノアは与えられた部屋に戻り、ルナに交渉の顚末《てんまつ》を説明した。

そしてルナの問いにノアは頷《うなず》く。

「ちなみに明日から外出可能になったが、罰を一日で終わらせるスケジュールはもとからだったらしい。俺がリリの外出を提案したことは関係ない。個人的には結局、娘にダダ甘だなぁ、と思う」

「まぁ、その甘さがあったから交渉に成功したわけです。わたしたちは素直に明日からの外出を喜びましょう」

ベッドに腰かけたノアに対して、やはり窓際《まどぎわ》でわざわざ立っていたルナ。

彼女はそこで音もなく軽く手を合わせると、自分にも兄に報告しておくことが増えたのを思い出した。

「ちなみにわたしの方からも、報告することが一個増えました」

「なに？」

「あの犯罪組織のことです。わたし自身もキチンと確認しましたが、夕刊の新聞でメンバー全員の死亡が改めて確認できました。お兄ちゃんがリリさんを誘拐している間に、犯行を手伝わないメンバーを暗殺し尽くすのがわたしの役割でしたが……ちゃんとした機関が殲滅《せんめつ》を報道してくれると安心できますよね」

ルナがそう言い終えたタイミングで、ふと、ノアはベッドから立ち上がり彼女の方に近付いた。

「よし。落ち着いた環境だし、ルナの身体、洗うよ」

「えへへ、ありがと、お兄ちゃん。わたしの身体、綺麗《きれい》にしてね」

実の妹に意味不明な提案をするノア。

彼の非常識な提案に、ルナは満面の笑みで心底嬉《うれ》しがって感謝する。

浴場は最初にアンドレが使い、その次にリリ、ノアとルナが入浴できるのは最後という
ことになっていた。つまり、入浴の時間にはまだ早い。

だというのにノアはさらにルナに近付き――、

「うぅ、明るいところで見てもわたしの本体、やっぱり身長伸びませんね」

「…………大丈夫、ちゃんと運動できるようになったら、きっと背だって伸びるさ……」

――彼女の足元にあったトランクをベッドの上に置いて、開けて、その中身の頭を撫《な》で
る。

ルナの言うとおり、それは彼女の本体だった。もう三年も目を開けず、直接的な食事も
できず、動いて声を出すこともできない植物状態のルナだった。

どれだけ手間だろうと、植物状態だろうと、ルナにだって尊厳というモノがある。ゆえ
に服は着せていたのだが……ノアはまず、その服のボタンを外し始めた。

「ゴメンなさい、お兄ちゃん」

「……っ、この前も言っただろ、ルナ？　それは言わない約束だ。お兄ちゃんは謝られるよりも、世界で一番大好きな妹に、ありがとうって言われる方が好きだよ」

「うん……ありがとう、お兄ちゃん」

「あぁ、どういたしまして」

そう言うと、今までノアと会話していたルナの姿が消えてしまう。光を操作する魔術で自分の存在を演出していただけなので、その魔術を切ればこうなるのは当然だった。

一方で、ノアはトランクの蓋の裏側にしまっていたタオルを取り出す。続いて窓を開けてそこから手を出し、タオルを水の魔術で濡《ぬ》らして絞る。

そしてようやく、ノアはルナの身体をタオルで丁寧に拭き始めた。

「ルナ、でも、さ？　これからこの屋敷で過ごすってことは、この屋敷のご飯を食べ続けるってことだろ？」

「食べ物を光で立体的に映し出したわたしの内側に入れたあとに、空間転移の魔術で胃袋に直接叩《たた》き込むことを食事と言うなら、そうですね」

「卑屈になんか、ならなくていい。腹に入れば同じことだから、それも立派な食事だよ」

「――――うん、ありがとうございます。そう言ってくれて、嬉しいです」

「あぁ、やっぱりそう言われる方が俺も嬉しいよ。それで、やっぱり貴族のご飯は豪華だったよな？　栄養を取っていないわけじゃないんだし、この屋敷にいる間は身長が伸びるかもしれないぞ」

口からではなく、ノアの耳のすぐ横からルナの声がする。光を操作する魔術と音を操作する魔術は別だからなのだろう。

「安心してくれ。お兄ちゃんが必ず貴族の女の子を恋に落として、一番美味《おい》しい瞬間の血を奪う。そしてそれをルナにも分ければ、魔力を使う必要がない種族スキルで身体もよくなる。だから、だから、だから……」

「──だからその時は、ちゃんとわたしのことを抱きしめて、頭を撫でてくれるよね？」

声が詰まりそうなノア。彼の代わりにルナが続きを言葉にした。

奇跡的に魔術を使う脳の部位が無事だっただけで、目が見えず耳も聞こえないように、ルナは今、どこを触られてもなにも感じない。戦争によって地獄のような日々を送り始めたそのタイミングから、ルナは他者の温《ぬく》もりを感じたことが一度もなかった。

そのような彼女の一番の願いはやはり、最愛の兄にキチンと抱きしめられて、その温かさを感じることである。

「わたし、ね。早く身体を動かせるようになって、お兄ちゃんにギュッて抱きしめてもらって、よく頑張ったねって、頭を撫でてもらいたいです」

「あぁ、お兄ちゃんに任せろ！　世界で一番可愛《かわい》い妹のためなら、お兄ちゃんはどんな女の子だって口説き落とす！」

四章　恋愛でも勉強が大切ですよ？

神話の時代、脳を物理的に歪《ゆが》めるほどの思考、信仰は人々にスキルを与えた。

木々のさざめきに神の声を見出《みいだ》したエルフの祖先には長い耳と永き寿命を。

そして血と骨髄こそが生命進化の鍵だと考えて、偶然にも骨髄の方は間違いではなかった吸血鬼の祖先、彼らには吸血した相手から種族的な長所を奪う能力を。

これを踏まえて、吸血鬼に生まれたノアは考える。

（大前提として、種族スキルは遺伝の対象だ。つまり過剰な近親婚をしない限り、配偶者の選択肢に恵まれている高位の貴族ほど色濃く子孫に表れる。そして残念ながら、同一の種族に対する吸血は回数を重ねるごとに効果が激減し続けてしまう。最後に——吸血鬼にとって一番価値が高いのは発情、あるいはそれに近い状態の異性の血だ。まぁ、その状態に持ち込めるなら同性でも可能だが……現実的とは言い難《がた》い。それはともかく、各種族の貴族の女の子に接近して親密になり、タイミングを窺《うかが》いその血を奪い、最終的に俺の血を魔術でルナの中に直接送れば、魔力に依存しない形でルナの身体機能は回復する）

それがノアたちの計画だった。

現在進行形でルナは光や音を操作する魔術で自分の存在を演出している。が……結局、それは根本的な解決になっていない。

最低限、魔術で光と音は認識できるが、味覚と嗅覚と皮膚感覚は失われたまま。

そもそも、魔力が尽きたら存在を認識されない上に、自力で食べ物を用意できない時点で論外だ。

常に兄がいてくれる日常生活なら確かに成立している。だが、兄の方も動けない身体になったらとか、魔物を討伐している間に魔力が尽きたらとか。生きる上での不安は山のようにある。精神どころか肉体的にも依存しつくしているこの状態を放置できるわけがない。

その覚悟をノアが再確認していると――、
彼の前方から――、

「おはよう！　ノア！　ルナちゃん！　お父様から聞いたわよ、外出していいって！　昨日のうちに、ノアが説得してくれたんですってね！　流石《さすが》やるじゃない！」

「おはよう、リリ。朝から元気だね」

「はぅ……、お……はよ、ぅ、ござい……ます」

屋敷に滞在して二日目の朝――、

朝食をいただくため食堂へ向かっていたところ、ノアとルナはその道中の廊下でリリとバッタリ出くわした。

そして開口一番、相も変わらぬ早口で、リリはご機嫌そうにエルフ耳をピクピク上下に振りながらノアとルナに近付いてくる。

「どこに行くかなんてどこかに行きながら決めればいいわ！　門限もあることだし、早速朝食をすませたら出発よ！　ルナちゃんも、お兄ちゃんがアタシの護衛になったことは報告ぐらいされているわよね？　もしよければ一緒に行きましょう！」

「あっ……はい。お邪魔……じゃ、なけ……れば、よろ、こんで……」

「えぇ！　それじゃあ決まりね！　あっ、そうだ！　どこに行くか思い付いたわ！　せっかく旅人二人がこのアンジュフォール領の領都にやってきてくれたんだもの！　神樹《しんじゅ》を一周しながら、この領主の娘が街を解説してあげるわ！　アタシは身体強化の魔術程度なら使えるけれど、ルナちゃんも使えるわよね？」

「あっ……はぃ、大丈夫……です」

よほど外出の許可が嬉しかったのだろう。

ピクピク上下に揺れるリリの耳はまるでイヌの尻尾のようだった。

が……ふと、リリは耳を揺らすのをやめて、ノアではなくルナの方に歩み寄った。

一方で、今の自分に触れられては困ると思い、ルナは守ってもらうようにノアの背後にそっと隠れた。

「ずっと気になっていたんだけど……ルナちゃん、なにかの魔術をずっと使っているわよね？」

「ご……ゴメ、ン、な……さい。身体《からだ》……あん……まり、動かな……くて、魔……術、で無理や……り、動、かし……て、いるん……です」

「えっ……あっ、イヤな質問をしちゃったわね。こちらこそゴメンなさい」

と、変な空気になりきってしまう手前で、ノアがルナのフォローに入る。

「まぁ、とはいえ！　ルナはこれまでもハンデを背負った状態で魔物を討伐する依頼をこなしてきたんだ！　それに本当に万が一、外出の最中に魔力が切れても俺がおんぶして移動できるから大丈夫だよ！」

「そう、ならよかったわ！　それじゃあ！　朝食を摂《と》ったら早速出発よ！」

◇　◆　◇　◆

「改めてここから屋敷《やしき》と神樹を見上げると、感覚がおかしくなりそうですよね」

朝食後、ノアとルナは外出のためにわざわざ着替えているリリのことを屋敷の外で待っていた。

「この屋敷だって四階建てで相当デカいのに、神樹に至ってはその一〇倍は高いもんな。そりゃ、あたり一帯の草木は栄養を独占されて、意図的に管理しないと枯れ果てるわ」

「見上げていると首、痛くなっちゃいますよね」

「そうだなぁ」

「まぁ、今のわたしには痛くなる首がないんですけど」

「なら、旅が終わったらまたこの街に戻ってくるか。この絶景の凄《すご》さは見上げた時の首の痛み込みの評価だからな」

屋敷自体が途轍《とてつ》もなく広大なのに、神樹の高さも、木陰も、それよりもさらに広大だった。

二人は今、ギリギリ枝葉で頂点が隠れない地点から神樹を見上げている。だというのに、見上げる角度なんて関係なく、純粋に樹高がずば抜けているから限界まで見上げないと頂点が視界に収まってくれない。

そして、今日は晴天で屋敷は神樹の南側に建てられているのに、この時間帯ではまだ、敷地《しきち》の大部分が木陰の内側に収まっていた。

そう思うと、ノアもルナも、まるで自分たちがアリになったような気分だった。

「待たせたわね！　早速出発するわけだけれども、一応街の地図を持ってきたわ！」

視線を上から下に戻すと、そこには外出のための着替えを終えたリリがいた。

緑を基調にした伝統的なエルフの服装をしていて、かなり動きやすそうだ。日の光を反射するのではないか。そう思えるほど白くて綺麗な脚を惜しげもなく晒《さら》している。

「全然待っていないよ。それより、結構イメージチェンジしてきたね」

「ふふん！　当然似合っているわよね！」

「うん、当然似合っているよ」

「うんうん！」

(照れている様子が微塵《みじん》もない。儀式的に今のやり取りをしたけど、貴族だからこういうことを言われ慣れているんだろうな。今後はよりアプローチの方法を調整していこう)

とはいえ、ノアとしてはこのやり取りをしないわけにはいかない。

特に好感度を稼げなかったとしても、わざわざ着替えてきた相手にノーリアクションなのはバッドコミュニケーションだ。

それに、仮にお世辞と見え透いていても、服が似合っていると言われて気分を害する人は少ないだろう。

「さて、二人とも！　改めてになるけれど外出の前提として、神樹とウチの屋敷を中心にこの街が形成されているのは知っているわよね！」

「うん、知っているから大丈夫だよ」

（というか、もう聞き飽きました）

リリは本の見開きサイズの地図をノアとルナに見せながら話し始めた。

「厳密に区画が分かれているわけじゃないけれど……神樹から見て南側には役所や商会の本部、冒険者協会の支部、図書館や美術館などが多いわね。東側、特に川を越えた向こう側には畑や果樹園が多め。自然公園もあるわ。西側には教会と天罰代理執行軍の第一駐留所、そして軍が管理している闘技場なんかがある。最後に北側には劇場や酒場、カジノやナイトクラブがあって……まぁ、典型的な歓楽街よ」

「なるほど。となると北側と西側には用がなければ行かない感じじかな？」

「えぇ！　用があれば行く感じね！」

リリのその言い方に、ノアは微妙な違和感を覚えた。

「……用があるの？　酒場や闘技場がある地域に？」

「ダメかしら？」

リリがムッとした表情でノアのことを睨《にら》んでくる。

が、ここでダメと断じてしまうわけにはいかない。それだと程度の差こそあれ、本質的にはリリがもどかしいと感じていた父親からの束縛と同じになってしまう。ゆえに、ノアは首を振って否定することを否定する。

「ダメなんかじゃないよ。ただ、いくら俺たちがリリのことを守ると言っても、積極的に犯罪に巻き込まれそうなところには行きたくない。もしも好奇心が抑えられないって言うのなら、午前中に行ってしまおう。むしろ、到着するのが早ければ早いほど、より長い時間そこで遊べるしね」

「流石ノア！　話が通じるのってなんて素晴らしいのかしら！　えへへ～」

心底嬉《うれ》しそうに、リリはその場でピョンピョンと跳ねた。

「酒場とカジノにはまだ行けないけれど、劇場と闘技場には行ってみたかったのよ！　今日はアタシ自身初めてのお出かけだからサラッと全体を回る感じだけど……次よ！　早速次の外出で闘技場に行きましょう！　ほらほら、早く！　早く行きましょう！　ノアもルナちゃんも！　一秒たりとも無駄にしたくないわ！」

そう言うと、リリは念願の屋敷の外へ歩き始めた。

そして攻略兼護衛対象が歩き出したことによって、ノアとルナもまた、彼女のあとを追うように歩き始めた。

「了解。時間を無駄にしたくないのは俺たちも同じだしね」

「んっ……行き……ま、しょう。お兄……ちゃ、ん……も、リリ、さん……も」

◇◆◇◆

「Je souhaite! Je prie! Je veux des jambes rapides,des bras forts et un esprit invincible!《我は祈る　我は願う　腕には強さを、脚には速さを、意志には敵を討ち往く気高さを》」

屋敷を出てすぐ、リリは肉体強化の魔術を発動した。

その意味をノアもルナもすぐに察する。要は魔術を使ってでも迅速に外出を楽しみたいということである。

「ルナちゃんも【英姿投影《ルゲニオンイデアル》】って使えるわよね？」

「……はい…………もちろ、ん……です。今……詠唱……を、零砕《れいさい》し、て……発……動、しま………し、た」

ルナは確かに【英姿投影《ルゲニオンイデアル》】を使うことが可能だった。

本体が植物状態である以上、魔力の無駄遣いであることこの上なかったが……。

「なら！　まずは屋敷から一番近い大聖堂にでも行きましょう！」

「うん、大丈夫だよ」

「わたし……も、です」

街のほぼほぼ中央に位置する屋敷。

そこから普通の歩行速度の一〇倍ほどの速さで西に進んで三分後、三人はアンジュフォール領の聖天教会の門扉《もんぴ》の前に辿《たど》り着いていた。

「エルフは他の種族と比べて信者が少ないって公爵様が言っていたけれど、それでも教会はあるんだね」

「国教だもの。普通にあるわよ」

リリの屋敷ほどではないが、流石は公爵領の領都の大聖堂。パッと門扉から見ただけでも、大聖堂の入口まで並木道が続いており、その途中には噴水もある。そのような道があるのにも拘《かか》わらず、今ノアたちが立っている場所からさらに後退しないと、大聖堂は端から端まで視界に収まってくれない。となると、奥行きも途轍もないことになっているだろう。

「それにウチの領地にはここらへんで一番多く天罰代理執行軍が駐在しているんだもの。アタシは深い事情なんてなにも知らないけれど、なんらかの繋《つな》がりはあるんでしょうね」

「それもそうか。それで、中には――」

「入らないわ！　アタシ、次は大図書館に行ってみたいのよ！　少なくとも今日はバシバシいろんなところを巡っていくわ！」

「……そっか、わかったよ」

ここまできて中に入らないのかよ！　とノアは思ったが、今の彼にとってリリの方針は絶対である。

とはいえ、リリとしても今日は人生で初めての自由な外出だ。彼女としてはひとまず街を一周してから、本当に行きたいところをピックアップする考えもあった。

そして三人は再度歩き始める。

初回の外出だから仕方ないとはいえ、デートと言うより、今はまだただの散歩と言うしかない。

「街を見て思ったんだけど、意外と木造の建物ってないんだね」

「地震とか噴火が起こるような地域じゃないもの。聞いた話によると、ウチの領土で一番木材が使われている建物の種類って、観光客向けの宿らしいわよ。エルフの暮らしを体験できるって触れ込みで」

「当のエルフたちはレンガの家に住んでいるのに……。そういえば、そのレンガの繋ぎ目に使っているはずの石灰や石膏《せっこう》って……」

「アタシが犯罪者たちに捕まった忌々《いまいま》しい採石場から取られているわね。他には……アンジュフォール領の東に、獣人が多く住んでいるノートルダムラムル領があるのよ。そこが海に面している都市だから、貝を輸送して、それをレンガの繋ぎ目に使っているって勉強したわ」

「勉強している⁉」

「アタシが仮にも貴族のお嬢様だってことを忘れないでもらえるかしら⁉」

街を歩きながら雑感を抱くノア。

存在している建物は全体的にレンガ造り。舗装されている道は石畳で、メインストリートにはガス灯も存在している。

確かにノアとしても、これが実際のエルフの街と言われると少々違和感を覚えるところがあった。

「ともかく、街の景観は全体的にこういう感じよ。木造の家やツリーハウスは街の外れまで行かないと見られないんじゃないかしら？」

「街の外れには他になにがあるの？」

「採石場の他には……さっきも言ったけれど畑や果樹園とか、他にはワイナリーがあるわね。アンジュフォール領のワインはかなり人気なのよ。なんでだと思う？」

「えっ？　……神の恵みがどうのこうので箔《はく》を付けているから？」

「そういう節もあるけれど、一番大きい理由はエルフなら何年でも寝かせたワインを作れるからよ」

「寝かせればいいってものなのか？」

「寝かせればいいって発想になるのがソムリエなのよ」

「ち……ちなみ、に……です、けれど……リ……リさん、の……お父様……が、飲んで、いらした……ワイ……ン、は……」

「ルナちゃん、聞いて驚きなさい。あくまでもアタシの予想ではあるけれど、お父様が飲んでいたあのワイン、たった一本で庶民の平均年収を超える値打ちのはずよ」

「あれ……そんな、に……高……かっ、た……ん、です、ね……」

「しかもそれを作れるのがエルフだけなんだろ？　考えが変わった。やっぱりそれ、本当に神の恵みだよ」

◇◆◇◆

数時間後――、
肉体強化の魔術を駆使して街を巡った三人は最終的に神樹の根元の公園に辿り着く。

偶然にも数分後、屋外ステージで演劇が始まるらしく、屋敷に帰る前に三人で観賞することになった。

「ノアノア！　見てちょうだい！　クレープよ、クレープ！　生まれて初めての買い食いよ！」

「落とさないようにね」

「流石《さすが》にそれはわかっているわよ！　あっ、あと、ルナちゃんは本当に買わなくてよかったの？」

「はぅ……わた、し……は、今、食べ……る……と、夕食、食べ……られ……なく、なって……しまい、ます、ので」

リリの買い物に付き合ったあと、三人は適当に空いている席に座る。プロの劇団員による劇ではないため、席は完全に自由席。すり鉢を綺麗《きれい》に上から半分に割ったような階段状の席の前には投げ銭用の箱が置いてあった。

そしてルナがさり気なくリリの隣を避けたため、結果的に両手に花の状態になったノア。劇が始まれば静かにしないとならないため、彼は今のうちにコミュニケーションを試みようとする。

「リリって、クレープ自体は食べたこと、あるの？」

「以前、メイドに作ってもらったことがあるわ！　でもやっぱり、食べたことがある物でも、外で食べるとワクワクするわね。新鮮な感じよ！」

満面の笑みを浮かべながら、心底嬉しそうにリリはクレープを食べ始めた。

このままだと劇が始まる前に完食してしまいそうである。

「それと劇も！　こういう開放的なところで観賞する方が、アタシの場合、かえって最後まで座っていられるかもしれないわね」

「確かに、貴族ご用達の劇場って厳かな雰囲気がしていそうだし、途中でお手洗いに行くのもはばかられそう……。まぁ、これは庶民の勝手な想像だけどね」

「えぇ、そう考えると、ちゃんとした劇場に行く前にここでお試しできてラッキーだったわね」

「そうだね。それに看板には三〇分で終わるって書いてあったし」

ノアはそう言いながらふと、まだ祖国が健在だった時のことを思い出した。

実はノアとルナには以前、両親に連れられて豪華絢爛《ごうかけんらん》な劇場で劇を観賞する機会があったのだが……その時のそれは二時間近く行われ、劇伴《げきばん》はオーケストラが生演奏という凄《すさ》まじいモノだった。

「ところで、ノア」

「ん？　どうしたの？」

「……もうクレープを食べ終わっちゃったわ」

「まだ劇も始まっていないのに……」

「しょ、しょうがないでしょう!?　食べ物は食べるための物なのよ？　それが手元にあるなら食べるのが普通よ！　それに、たぶんアタシ以外にもいるはずよ！　劇が始まる前にクレープを食べきっちゃうエルフは！」

「まぁ、飲み物を飲み切っちゃうエルフならいてもおかしくはないかなぁ……」

今まで、リリが自分の気質について悩むことはあっても恥じらうことはなかった。

が、女の子として食べ物にもそそっかしいのは例外的に思うところがあるのだろう。リリは頬を少し赤らめて弁明を試みる。

（お兄ちゃん、なんで正直に答えているんですか!?　フォローしてあげてください！）

（あっ、しまった）

リリにバレないための魔術による会話。

それでルナに指摘されてノアは取り繕うことにする。

「とはいえ、始まったら劇に集中するべきだしね。冷静に考えたら劇が始まる前に食べてしまう方が理にかなっているかもしれないね」

「そ、そうよ！　そうそう、つまりそういうこと！」

（初回のお出かけということもあり、まだまだ改善の余地がありそうですね）

（……そうだな。実際に友達になれそうな相手だったとしても、友達に話しかけるような感じにはならないように、もっと自分を戒めるよ）

根本的にノアは自分のことを、妹のために他人の血を欲《ほっ》する悪人と定義している。

だからこそ、戒めという言葉をわざわざ使ったのだろう。

今の自分に友達なんて、論理的な必要も、心理的な資格もない、と。

（お兄ちゃん、そろそろ劇が始まりますよ？　今は素直に劇を楽しみましょう）

リリには聞こえていないルナの声で、ノアはいつの間にか俯《うつむ》いていた顔を前に向ける。

視線の先のステージでは劇団の一員が簡単な注意事項を話し始めようとしているところだった。

（その前に、もうちょっとだけリリと話すよ）

（わかりました！　お兄ちゃん、ファイトです！）

とは言ったものの、あと少しで劇が始まる以上、ノアも過度に話し込む必要はないと考えていた。

このシチュエーションに適した会話と言えば、もうすぐ始まりそうだね。ええ、楽しみね。というレベルの当たり障《さわ》りないモノ。

これを間違える余地はないだろうと考え、ノアは少しだけ、リリの耳に口を近付けた。

「もうすぐ始まりそうだね」

「ひゃん!?」

が、残念ながらそれは間違いだった。

決して触れたわけではない。それでもリリは先ほどよりもさらに赤面して、可愛《かわい》らしく短い悲鳴を上げる。一瞬で脚を閉じて背筋をこれでもかと言うほどピンと伸ばした。

「えっ？　なに？　どうしたの？」

「どうしたのじゃないわよ！　耳元で喋《しゃべ》るなんて恋人同士ですることじゃない！」

周囲に他の客がいるため声量を落としてはいるものの、リリの声には確かな勢いがあった。いまだに顔を赤らめたまま、瞳を潤ませながら上目遣いでノアのことを睨《にら》んでいる。

本人の言うとおり、エルフにとって耳元で喋る行為は恋愛的に特別な意味を持っているのだろう。

「ゴメン、きっとデリカシーがないことをしてしまったんだよね……」

「そうね。エルフの価値観だと胸やお尻を触られたってほどじゃないけれど……たとえるなら、急に異性から手を繋がれたような感じよ。次からは気を付けてちょうだい」

「はい……、気を付けます……」

ノアにとってリリは初めての攻略相手だ。間違うことだって普通にある。

だが、普通だから仕方がないで済ませるわけにはいかない。リリの発情している時の血を吸えるか否《いな》かで、ルナの容体が左右されるのだから。

（お兄ちゃん、安心してください！　間違いは誰にだってあります！　初めてならなおさらです！）

（ルナ、そう言ってくれてありがとう）

（間違ってしまったことは仕方がありません。これから先の旅でも同じ間違いをしないように、次からは種族のルーツとか街の情報とか以外に、より心理的な情報も注意して集めましょう）

五章　観戦イベントは会話に困らないので序盤にオススメです！

前回の外出からちょうど一週間後――、

ノアとリリとルナの三人は露店が立ち並ぶレンガで舗装された道を進み、リリが行きたがっていた闘技場に向かっていた。

休日ということもありかなりのエルフで賑《にぎ》わっている。試合開始まで時間があるが、早く入場しないと闘技場が満席になってしまいそうだった。

「ノア！　ルナちゃん！　見て見て！　露店よ露店！　なにか買うわよ！」

「楽しそうでなによりだけど混雑しているし、はぐれないように気を付けないとね」

「ノアはアタシのナイトなんだから、アタシがはぐれるということはありえないわ。あくまでもノアがアタシのことを見失うだけよ。それがイヤなら、ちゃ～んとアタシのことを見ていなさい！」

「……確かに、理屈的にはそうなるのか」

「でしょでしょ～♪」

人生で初めての闘技場ということで、入場前だというのにリリはすでに相当はしゃいでいた。エルフの民族衣装の裾をふわりと揺らしてターンして、ノアとルナに心底ご機嫌そうな満面の笑みを向ける。

しかし、二人の背後には人生で初めて見るポップコーンの屋台があった。そちらに興味を惹《ひ》かれ、すぐにその方に行ってしまう。

（さて！　人生で初めて女の子とデートするお兄ちゃんのために、わたしからアドバイスがあります！）

（それは助かる）

（少なくとも今日の段階では、人混みを理由にお手々を繋《つな》ぐのは避けましょう。あれはお手々を繋ぎたいけど恥ずかしい人に勇気を与える建前です。なので、根本的にそう考えていない相手には効果不明のギャンブルにしかなりません）

（それはそうだな。リリがご機嫌なのは外出自体が特別なイベントだからだ。最初の自作自演で好感度を稼いだとはいえ……流石にまだ、俺との外出だから恋愛的に特別という段階ではない）

（そのとおりです！　仮に手を繋げたとしてもそれは命を救ってくれた恩人として。そこに恋愛的な気持ちがないのなら、手を繋げたとしても恋の進展には完全に無関係で、リス

クだけが目立つ一手になってしまいます）

風属性の魔術――具体的には遮音を含む音響操作の魔術でノアとルナはリリにバレないように会話する。

確かに二人共、エルフの聴覚が優れているということは情報として知っているが……ではそれがどの程度なのかは感覚的な話の上に個体差もあるので、そのエルフ本人にしかわからない。なので、リリが視界に入る範囲にいる場合、密談は小声ではなく、指摘されても不審者がいないか警戒していましたと言い訳できる魔術で行うと予《あらかじ》め決めていたのだ。

（とはいえ、これだけ混雑しているとわたしが意図的にはぐれても、怪しまれることはなさそうですね）

（はぐれるというか、幻影の魔術をオフにするだけだけどな）

（むぅ……確かにわたしの本体は屋敷《やしき》に置いてきていますけど、わたしだってはぐれないようにねって、お兄ちゃんに心配されたいです）

（なら――ルナ）

（はい！　世界で一番大好きなお兄ちゃん！　なんでしょう？）

（心配になるから、絶対にはぐれないでほしい。今日はもちろん、これから先の旅でも）

（えへへ～、安心してください、お兄ちゃん！　わたしとお兄ちゃんが離れ離れになるな

んて絶対に、絶ぇ～～っ対にありえません♡）

（そうだな。仮に離れ離れになったとしても、俺が絶対に探し出して迎えに行くし）

（もぉ～～♡　わたしもお兄ちゃんのことを世界で一番大好きですけど、お兄ちゃんもわたしのことを好きすぎです♡）

頰を乙女色に染めて、ルナは心底嬉《うれ》しそうにニヤニヤしてしまう。そして本物の肉体があったら今すぐにでも兄のことを抱きしめたい！　という衝動を発散するように、身体《からだ》を揺らしてツインテールを振り回した。

そんな妹にノアもノアで優しげな視線を送るが、今日の目的は当然、リリとのデートだ。

ノアは思考を切り替えて、未《いま》だに露店を巡っていたリリに声をかける。

「なにかほしい物はあった？」

「全部よ！」

「強欲かよ！」

「そうよ！」

「ツッコミがツッコミとして機能してくれねぇ……っ！」

「ふふん！　アタシはむしろ自分が強欲であることを誇りに思っているもの！」

リリは豊満な胸を惜しげもなく張って、ドヤ顔でそう言い切った。

「とはいえ、お父様からもらったお小遣いだけじゃ、ここにあるもの全部は買えない。そしていくら我慢というモノが嫌いなアタシでも、借金はダメってことぐらい弁《わきま》えている。まだ満席にはなっていないでしょうけれど、早く選ばないといけないわね……」

（一応俺が奢《おご》るっていう選択も可能だけど……それは俺がリリの護衛に志願した時に言った心配だからという理由ではもはや説明困難な行動だ。実際に本当に恋に落とすつもりだから、遅かれ早かれ下心を見透かされることは確定だが……今はまだ、おめでとう！　実は互いに片想《かたおも》いでした！　という段階ではない。なんだかんだ言っても結局はアタシ狙いだったんじゃない！　と、そう不満に思われる段階のはず）

端的に言うと露骨すぎると、ノアは考えている。

加えて以前のように、なんでそこまでしてくれるの？　と疑問を抱かれた時、今までの会話と矛盾なく理由を説明することが困難だった。

「ならさ、二人でシェアするっていうのはどうかな？」

「いいわね！　そうしましょう！　と言いたいところだけど、ルナちゃんはいいの？」

「はぅ……わ……たし、は、そ……の、朝ご……はん、いた、だい……た、ばかり……です……ので……」

「そう？　なら早速、買い食いよ！　ノアはホットドッグとフライドポテト、ナッツの盛り合わせと飲み物を買ってちょうだい！　ちなみにアタシはソーダって飲み物を所望するわ！　味はレモン味よ！」

「了解」

「で……、っ、では、お兄、ちゃ……、ん、が、別……の、列……に、並んで、いる……間、わ……たし、が……リリ、さん、を……護衛……して、います……ね」

◇◆◇◆

こうして飲食物を買い終えたあと、三人は無事に闘技場の中に入ることができた。

そこに指定席という概念は本当にごく一部の貴賓席にしかなく、九九%を超える席が自由席。受付で入場料を払ったら、あとはイス取りゲームの開幕である。

露店で買い物をした時、手提げの紙袋をもらえたことは幸運と言えるだろう。

「ちょ～～～っと！　いくらなんでも混み過ぎでしょう⁉」

「リリ、はぐれないようになるべく近付いてくれる？」

ノアたちとしてはリリに自分との接触に慣れてほしいという思惑があった。

段階的にそうしておかないと、血を吸う時、拒まれてしまう恐れがあるからである。

（いいですよ、お兄ちゃん！　人もエルフも吸血鬼も、恋愛的に好きではない相手と密着すると、気持ちと現実がチグハグになってしまいます。そして起きたことを変えることはできませんので、それを解消するためには気持ちの方を変えるしかありません。違和感を持たれない場面では積極的に行きましょう！）

半ばヤジのようなルナの声がノアにだけ届くが、発言内容に大きな間違いはない。

そして二人が画策したとおり、リリはノアに近付いてハグされるような形で守られる。

「いい⁉　ノアが相手だと今更だから、こんなにくっついても許されるのよ⁉　このアタシにこんなにくっつくなんて、普通なら許されないことなんだから！」

「ゴメンね、席を見付けるまでの辛抱だから」

顔を真っ赤にして涙目になっているリリ。

彼女の言うように、二人は今、ただ近付き合っているだけではない。リリの大きくてやわらかい胸がノアに押し当てられて、形が変わるほど二人は密着していた。

（リリさん、どんどん許容できるラインが下がってきていますね）

（よくよく考えれば、初めに全裸お姫様抱っこをしているわけだからな）

（では、わたしはそろそろ都合よくはぐれたふりをしますね）

その声が聞こえた次の瞬間、ルナは早速行動を起こした。

「お兄……ちゃ～ん！　リリ……しゃ～ん！　ゴメ……ン、な……さ～～～い！　わた、し……は！　他の、席……で！　見る、ことに……しま、す～～～っ！　リリしゃ……ん！　わた……し、は、大丈……夫、です、ので！　お兄……ちゃん、と、観戦、してくださ い～～～っ！」

「うえっ⁉　ルナちゃん⁉」

当初の予定通りの行動だ。

ルナは人混みに紛れて幻影の魔術をオフにしてノアとリリを二人きりにしてしまう。

「ちょっとノア！　ルナちゃんとはぐれちゃったけど、本当に大丈夫なの⁉」

「断言するけど、大丈夫だよ」

初めての闘技場を楽しんでいる最中、リリに余計な不安を覚えさせてはならない。

ゆえに、ノアは意図的に強い口調で断言する。

「俺だけじゃなくてルナだって、冒険者として何体も魔物を倒している魔術師だ。ウソ偽りなく、心配しなくてかまわない。むしろ俺の方こそ、この場面では冒険者としての相方がはぐれてしまい申し訳ございませんと、そう謝罪すべきだろう」

「誘拐とかされないかしら？」

「繰り返し使用できないとはいえ、空間転移、時流操作、そして幻影の魔術さえ使えるルナが誘拐されると思うか？」

「……………誘拐されるとは思わないけれど、逆に能力が強すぎるとは思うわ」

ようやく混雑していた回廊から脱出して、二人はすり鉢状の観客席に辿《たど》り着くことができた。

当然、最前列付近はすでに埋まっていたので、二人は階段を上りながら空いているエリアを目指す。

「二人で相談して、俺が炎とか雷を撃ってバチバチに戦うスタイルを、ルナはそんな俺をアシストできるようなスタイルを極めることにしたんだよ」

「質問よ！　空間転移なんて魔術が使えるなら、ルナちゃんにとってアタシたちと合流することって簡単なんじゃないかしら？」

「いくら魔術でも、そんな万能じゃないよ。空間転移の場合、まずはその転移先を確定しなければ話にならない。だから、まだ席を確定できていない俺たちのもとに転移することは不可能だけど、少なくとも屋敷には転移できる。警備には引っかかるかもしれないけどね」

「ふむふむ、それなら確かに安心できるわね」

と、ちょうどリリの安心を得られたタイミングで、二人は空いている席を見付ける。

「ふぅ、やっと座れたわね。試合開始まで時間があるけれど、我慢できないし、早速ソーダを飲んでみるわよ！」

「そうだね。炭酸が抜けると美味《おい》しくないし」

「えっ？」

「ん？」

「……待って。……炭酸が、抜ける？」

「うん、時間経過と共に」

「……炭酸水から炭酸が抜けたら、ただの水じゃない？」

「そう、そのシュワシュワがなくなってしまう」

「うえっ⁉　いや、でも確かに！　ソーダから重炭酸曹達《ソーダ》が抜けたらそれはもうただの甘い水じゃない！　そういう大切なことはもっと早く言いなさいよ！」

「ふふっ、まぁ、うん、ゴメンゴメン。そこまで焦《あせ》るとは思わなくて」

「ノ～ア～～っ！　なんで笑うのよ～～っ！　もう！」

笑うのは失礼と思いながらも、ノアは緩んでしまう口元を抑えることができなかった。

逆に、リリにとっては本当に大事なことだったのだろう。恨みを込めた目をしながらノアの背中を一回叩《たた》いた。

「まぁ、いいわ！　こうして言い争っているうちに、アタシのレモネードからは炭酸が失われていってしまうもの！　では、いざ！」

「うん、召し上がれ」

そうして、リリは人生で初めてソーダを口にした。

「んんっ！　う～～～んっ！　シュ！　シュワシュワするわ！　ねぇねぇねぇねぇ！　ノアノアノアノア！　これこれこれ！　口の中が面白いわ！　甘いんだけど、甘いだけじゃないの！　舌の上で花火が上がっているみたい！　しかも、ね！　しかも！　飲み込むと喉でもシュワシュワするわよ！　口の中だけじゃなくて喉でも楽しめる飲み物なんて初めてよ！」

「美味しい？」

「当然よ！　すごく美味しい！　気に入ったわ！　しかも、しかもよ！　ただシュワシュワする飲み物ってわけじゃなくて、ちゃんと甘いのよ！　ノアノア！　これこれ！　帰りにもう一回買いましょう？」

「満足そうでなによりだよ」

リリは先ほどの怒りはどこへやら、綺麗《きれい》な蒼《あお》い瞳をキラキラさせて、ノアにソーダの感想をまくしたてる。

そうして結局、試合が開始する前に飲み物は全て飲み切ってしまった。まるで劇場で演目が始まる前に飲み物を切らしてしまう子どものように。

◇◆◇◆

数分後——、

突如としてすり鉢状の闘技場の中心にあったステージで、色鮮やかでコミカルな爆発が起きる。

正方形のステージ、その四隅から中央に向かうように三回、そしてちょうど中央で一番大きい爆発が一回だ。

そしてその爆発の中から飛び出てきたのはバニーガールの装《よそお》いをした三人のエルフ。

『闘技場にお越しのみなさま～っ！　大変長らくお待たせいたしました～っ！』

『本日のメインイベントは天罰代理執行軍の魔術師による公開レート戦ですっっ！』

『で！　す！　が！　初戦はエキシビションマッチとして天罰代理執行軍の勇者！　アンジュフォール公爵領における最強の戦士！　ロベール・ヴァンプラトー様に一〇〇対一の模擬戦闘を行っていただきま～～す！』

イベントの開始かバニーガールの登場か、エキシビションマッチの内容か、あるいは全部か。とにもかくにも、闘技場に集まった観客たちは一斉に歓声をあげ始め、中にはすでに立っているエルフも大勢いた。

ノアの隣に座るリリも、食い入るようにステージ中央のバニーガールを見てワクワクしている。

『ルールは至って単純！　天罰代理執行軍が誇る精鋭一〇〇人とアンジュフォール公爵領における最強の勇者が戦って、最後まで立っていた方が勝利！』

『ただしこの条件だと精鋭一〇〇人の方があまりにも不利すぎですよね！』

『で！　す！　の！　で！　勇者であるロベール様にはハンデを背負ってもらいます！』

『ハンデその一！　制限時間は三〇分！　それを超えたらロベール様の敗北です！』

『ハンデその二！　試合開始の地点から一定の距離を離れたらロベール様の敗北！　今回は北極点から赤道までを一〇〇〇万等分でおなじみ！　メートル法を採用して、試合開始の地点を基準に半径五メートルの円の内側で戦ってもらいます！』

『ハンデその三！　誰か一人にでも、魔術を使用しない通常医療で全治二週間以上のケガを負わせたら、これもロベール様の敗北！　ロベール様は相手を戦闘不能にしたい場合、脱落エリアと呼ばれる円の中に、相手を優しく落としてください！　そ！　れ！　と！

流石《さすが》に天罰代理執行軍の精鋭の皆様も、自分たちで自分たちをケガさせるということは反則です！』

三人のバニーガールがそこまでをアナウンスすると、再度、闘技場中央のステージで色鮮やかな爆発が起きる。

そして魔術によって突風が吹くと煙が晴れるが、いつの間にか、バニーガールたちは消えていた。

代わりに現れていたのは、恐らく正確に刻まれている半径五メートルの円と、その中央にたたずむ一人のエルフ。

必然、彼こそが天罰代理執行軍の執行官筆頭――、

ノアとルナの故郷を滅ぼした戦争で多大な戦果を挙げた勇者――、

「――観客諸君ッッ！　待たせたなッッ！　これより、天罰代理執行軍の執行官筆頭！　アンジュフォール公爵領の最強戦力！　国王陛下に認められた勇者であるこの俺ッッ！　ロベール・ヴァンプラトーがエキシビションマッチを執り行う‼　そしてこの俺の後輩たちよ！　次世代の勇者として将来を期待されている者たちよ！　前へ出ろ！　舞台に上がれ！　そして一〇〇人全員が揃《そろ》ったのちに――アンジュフォール公爵領唯一の勇者として、格の違いというモノを教えてやる！」

前口上が終わっても熱と勢いはとどまることを知らない。

ロベールが言い切った途端、恐らく中央ステージから控え室に繋《つな》がっているはずの八つの出入口から、多くの魔術師が一斉に飛び出した。

続いて一〇〇人が表舞台に揃う前に、焔《ほのお》が、雷が、カマイタチが、氷が、鉄球が、四方八方からロベールに襲い掛かる。

それはまさに、ウソ偽りなく一撃一撃に純粋な殺意が込められた殺戮《さつりく》の流星群。焔だろうが雷だろうが、本来なら、どれか一つでも掠《かす》っただけで種族を問わずに命が終わる過剰と言える暴力だ。

ノアとリリが座っていた観客席の後方にまで業火《ごうか》の熱気が押し寄せている。そして脳が汗を流そうと判断した次の瞬間には——業火で視界を奪われている相手に数多《あまた》の雷光が閃《ひらめ》き、八つに及ぶ竜巻が押し寄せ、灰塵《かいじん》が晴れるよりも先に、津波を連想させる巨大な水の塊を繰り出し、最終的にそれごとロベールは凍らされた。

普通に考えて即死。

生き物一体につき一つしかない命にストックがあったとしても、このたった一〇秒で一〇〇回死んでいても不思議ではない。

だが、ここに集まった全員が理解していた。闘技場に人生で初めて足を運んだノアとリりでさえ察していた。

そう、勇者は――、

「――この程度のそよ風で、傷付くということはありえないッッ！」

氷塊を内側から拳で砕き、ロベールは無傷で再登場を果たす。

その瞬間、大多数の観客が一瞬で沸き立ち、歓声と共に拍手を送った。そして拍手こそ送らなかったものの、ノアでさえ、勇者の戦闘力に舌を巻いた。

ロベールだけではない。根本的にノアの見立てだと、一〇〇人の精鋭たちの方も、そう呼ばれるだけあってそれに相応《ふさわ》しい魔術を使っている。

だというのに、ロベールには傷一つ付いていない。回復しようとしても、魔術を発動する前に殺し切られてしまう怒濤《どとう》の殺意を浴びせられてもなお、だ。

「さてと――流石にそろそろ一〇〇人、揃ったな？　ウォーミングアップはここまでだ。これより、戦いを本当に始めよう」

言うと、ロベールはその身に魔力を宿す。が、すでにその時点で常人から大きく逸脱していた。遠く離れた観客席にいるノアが感じ取れる出力量だけでも平均的な魔術師の遥《はる》か数十倍。まだまだ解放していない総量に至っては、まず間違いなく一〇〇倍以上あるだろう。

「みんなァ！　今日こそは先輩にたった一つでも傷を付けるぞ！」

たかがウォーミングアップだから反則ではない、と、暗にそう言われた不意打ちは失敗に終わった。

そしてとある男が叫ぶと、一〇〇人のうち一〇人が結界を張って、その背後で別の一〇人がとある魔術の詠唱を試みる。

いくら守りを固めていようと、勇者という空前絶後の怪物相手に集団でいるのはリスキーだ。しかし、そのリスクに見合う威力がその魔術には確かにあった。

「「「「「「「「「「――――C'est un empereur écarlate qui brûle et éteint les flammes de l'enfer!!!!《其は地獄の劫火さえ焼き払う熾烈の皇帝》

C'est une loi de la chaleur qui ne mourra jamais jusqu'à ce qu'elle brûle et tue tous les êtres!!!!《万象を灼き尽くし、いづれ鏖殺が終わるまで、決して潰えぬ灼熱の理》」」」」」」」」」」

「…………ッッ、バカな!?」

詠唱の序奏を聞いた刹那、ノアの脳裏に破滅的な光景が過《よぎ》る。

一度父親に頼んで見せてもらったことのある絶望。融解する地面、遥か先まで燃え盛る岩盤。直撃せずとも空を飛ぶ鳥が死に落ちて、残るのは辺り一面の焦土のみ。

『あれ』をこの場で再現するなんて、非常識というレベルを超えている。

「最上位魔術の詠唱!?　魔術を使えない観客は闘技場ごと消し炭になるぞ!?」

「うえっ⁉　あれってそんなにヤバい魔術の詠唱なの⁉　逃げないと！」

「効果範囲が広すぎて逃げても無駄だ！　守りを固めろ！」

その詠唱の意味するところを理解して、リリとの外出の最中であるが、流石にノアでも動揺を抑えることができず声を上げた。

しかし次の瞬間、それ以上の驚愕《きょうがく》がノアを襲う。

「「「「「「「Des flammes extrêmement violentes ont dévalisé le territoire des étoiles et ont《この燦然と輝く暴虐の焔は星の領土を簒奪し、世界》 commencé à exister en tant que monde lui-même《自体として在り始めた》!!!!!」」」」」」」

「観客諸君！　なにも案じることはない！　取るに足らない！　放置する！」

「「「「「「「うおおおッッッッッ！！！」」」」」」」

「それと後輩諸君よ！　わざわざ守りに一〇人も割かなくていい！　魔術が無事に発動するまで絶対に手を出さないと、皇帝陛下より頂戴した勇者の称号に宣誓しよう！」

「クソ……ォ！　絶対に一矢《いっし》は報いてやる……ッッ！」

残りを優先的に相手取りながら、ロベールはわざわざ音響操作の魔術を使ってまで、会場全体に宣言する。

そして最終的に、結界を展開していた一〇人も攻撃に参加し始めた。

（んなバカな……）

「どうする、ノア？　いくらアタシでも一〇日に一回のペースで死にかけるのはイヤなんだけど……」

「まぁ、俺が守れるからリリは確実に死なないって断言できるけど……」

「ホントに!?　なら見続けましょう！　あっ、すみませ～ん！」

呆然《ぼうぜん》とするノア。彼をしり目に、リリはジュースを巡回販売しているエルフの女性に声をかけた。

「レモネードを一本ください」

「は～い、ありがとうございま～す」

「「「「「「「「「「Bombardements, cris, incendies, rugissements, crémation et ruine!《爆撃、慟哭、炎上、咆哮、火葬、破滅》」」」」」」」」」」

「それと、アタシたち初めて闘技場にきたんですけれど、勇者が出る戦いって毎回こういう感じなんですか？」

「そ～なんですよ～。でも～、間違いなくカレシさんの反応が普通なんで～、幻滅しないであげてくださいね～」

「うえっ!?　ち、ちちち、違います！　ノアとはそういう関係じゃありません！」

リリは顔を真っ赤にしながらジュースの売り子に反論する。

「「「「「「「La chaleur de la raison selon laquelle l'existence est là se précipite à travers le《存在が存在たる由縁の熱は永劫激越の道を》 voyage du temps, le sang s'évapore, la chair bout, les os fondent, et le corps tout entier est《邁進し、血潮が霞み肉が沸き、骨が爛れて五臓六腑は絶》 impliqué dans les flammes et retourne au néant《えず燔かれて虚ろに還る》!!!!!」」」」」」」

「あ～、そ～なんですか～。でも～、周りからはそう見えた～、ってだけなんで～、悪気はなかったんで～、許してくださ～い。改めて～、お買い上げありがとうございました～」

「……とりあえず、観戦を続けようか」

「……そうね」

かなり個性的な売り子にリリでさえ圧倒されたが――詠唱はいよいよ終盤。

「「「「「「「「C'est le monde de la destruction par le grand écarlate!!!!! Il n'y a rien qui ne《此れは異界、銘は燦爛緋色殺戮世界 熔けぬ物など何も》 puisse fondre, la cendre devient cendre et la poussière devient poussière《なく、灰が灰に、塵が塵になる摂理だけが遺る無謬の支配が続く闇》!!!!!」」」」」」」」

「改めてノアに解説を求めるけれど、あれって具体的にどれぐらいすごい魔術なの？」

「最上位魔術という分類に属しているということは即《すなわ》ち、現時点において同系統の魔術に上位互換が存在していないんだ。攻撃力だろうが効果範囲だろうが、魔力消費量と詠唱の長さ以外の全ての面で、俺が以前使った【絶火、天焦がす緋華の如く《デストリュクシオン・イキャルレット》】を凌駕《りょうが》している。

たとえ複数人による詠唱だったとしても、撃つことができたら並みの魔術師なら一生の思い出になると言われているほどだ」

「「「「「「「Pensant que le monde n'a pas besoin de deux, et espérant la fin du mythe, le《世界は二つも要らないと、神話の幕切れを望むべく、》 nouveau monde se transforme en un ordre ruiné《新たな世界は破滅の秩序へ飛翔する》!!!!」」」」」」」

そこまで言うと、ノアはリリから視線を移し、ステージに意識を向ける。

確かに今回はリリを満足させるための外出だった。が、このような展開になったなら、ノアも魔術師として結末を見届けたい。

そして、今――、

現代魔術において比類なき破滅の焔が解き放たれる――、

「「「「「「「【燦爛緋色殺戮世界：灼熱以って焦土広げる情愛の大剣《モンド・デ・ラ・デストリュクシオン・パーヌ・グラン・イキャルレット》】ッッ！」」」」」」」

「――詠唱、零砕。【涅槃静寂氷河世界：凍結以って生命眠らす清純の神鎧《モンド・デ・ラ・アニイラシオン・パーヌ・グラン・アンディゴ》】――」

――はずだった。

詠唱は正確に行われていた。一瞬ではあるが、発動自体は確実にしていた。

ただ勇者であるロベールが詠唱の零砕も、繊細なチカラの加減も行った上で、ちょうど相反する魔術をぶつけて綺麗《きれい》に相殺《そうさい》し切っただけである。

「「「「「「「「うおおおッッッッッ！！！」」」」」」」」

「……いくらなんでも理不尽すぎる。真正面からの戦いだと絶対に勝てない」

「お父様から話は伺っていたけれど、アイツってあんなに強かったのね……」

天罰代理執行軍の魔術師は自分たちの故郷を焼き払った連中だ。

しかし今、ノアがしているのは復讐《ふくしゅう》の旅ではなく、ルナの肉体を取り戻す旅だ。恨みや憎しみ自体はあるものの、相手もそれが命令の内容で、仕事だったと我慢できている。

そういうバランスの上にノアの感情は成立しているわけだが……生まれて初めて、彼は敵国の魔術師に同情した。

どこからどう考えてもまともに戦って勝てる相手ではない。

発動できたら一生の思い出になると称されている魔術を、九〇対一の戦闘の片手間に相殺してくるのだ。

「リリ、勇者って、他にどんな能力があるんだ？」

「やっぱり有名なのはどんな負傷からでも絶対に、完全に回復する再生能力ね。即死以外は即時回復できるらしいわ。しかも、一度殺すだけでも無理難題なのに、一〇〇〇を超える命のストックが存在していると言われているわね」

「えぇ……」

「他には痛覚遮断も有名よ。仮に攻撃を当てることができても、痛みを感じないんだから一切怯《ひる》まない。まぁ、命の数が一〇〇〇を超えているからできる芸当ね」

もはや、勇者というより怪物である。

たとえどれほどのハンデをもらおうが、精鋭というだけで常人の枠に収まっている魔術師に勝てる道理はなく、たった一〇分でエキシビションマッチは終わってしまう。

「正直、とても興味深い戦いを見てしまった」

「アタシも見ていてワクワクしたけれど、アタシよりもノアの方がご満悦そうね」

「最上位魔術を詠唱零砕した最上位魔術で相殺なんて、コテコテの展開すぎて演劇でも滅多に見ないからね。リリ、俺をここに連れてきてくれて本当にありがとう」

「ふふん！　どういたしまして！　やっぱり外出経験を積まないと、こうして誰かを連れてあちこち回って、今のノアみたいに感謝されることもないのよね。ノア、ありがとうって言ってくれて、ありがとう」

「感謝されるようなことはなにも言っていないと思うけれど、どういたしまして」

「別にいいのよ。アタシが勝手にありがとうって言いたくなるような感覚になっただけの話だから」

そう言うと、リリは身体《からだ》をほぐすように立ち上がって屈伸をする。

「ところで確認なんだけれど、ノアとルナちゃんって二人共、冒険者ギルドに登録しているのよね？」

「残念ながら、生きるためには働かなくちゃならないからね」

「今までずっと屋敷《やしき》にこもっていたし、今の戦いを見て、アタシも魔術を派手に撃ってみたくなったわ！　二人の依頼について行くのって、あり？　なし？」

「……究極的な話をするなら、今の俺とルナにリリの命令に逆らう権利はない。ただ、冒険者ギルドでの依頼は難易度次第で死ぬこともあるし、一番簡単なランクの依頼でも、毎年なんだかんだ死者が出ている。俺の言葉には強制力なんてないし、リリにこういう言葉を使ったら本当は不敬かもしれないけど――友達として心配だから、少なくとも魔術を派手に撃つような依頼にはついてこないでほしい」

「ぐぬぬ……、わかったわよ。命に関わるかもしれないのなら、今度はちゃんと踏みとどまるわ」

リリは悔しそうにしながら歩き始めようとした。

一方で、ノアにもリリに質問があって呼び止めようとしたが……結局はやめる。

理由は二つ。リリは絶対に答えを知らない。そして、自分が質問をしてその答えが出なければ、公爵である父親にそれを聞きに行くような子だからだ。

（勇者は戦争で功績を挙げた軍人が、この国の皇帝に認められて辿《たど》り着ける後天的な存在だ。そしてあの魔術の力量を考慮すると、なにかしらの強化を受けているはず。少なくとも俺はそう考えるが……その強化自体は魔術によるモノなのか？）

魔術師が魔術で得られる恩恵がその者の脳で処理できる範囲を超えることはない。

それは魔術の基本中の基本だ。

（いいや、違う。その魔術を使って魔術師として強くなれるのなら、無限に重ね掛けできることになってしまう。ここは誤魔化しようがないからこそ、この国の公報も勇者の強さの根源は神の恩恵ということにしているんだ）

となると、残っている可能性は――、

「――魔力に依存しないスキルか、あるいは代償魔術を使っているのか」

六章　相手の分析も怠ってはいけません。

さらに前回の外出から一週間後――、
リリは再び外出の機会を与えられて、ノアとルナと共に果樹園を訪れる。平日のリリは家庭教師と勉強しているため、自《おの》ずと外出の機会は休日に確定しつつあった。

そして、果樹園に集まったのは三人だけではない。他にも果物狩り体験の参加者が三〇人ほど果樹園の事務所の入口付近に集まっていた。

「昨日の時点でも予《あらかじ》め説明したけれど、今日は果物狩りをするわよ！　そしてそれが終わったら、みんなで採った果物を食べましょう！」

「そういえば、アンジュフォール領の郊外では農業が盛んだったたね」

「そうよ！　なのにアタシは知識としてそれを知っていても、具体的にどの程度なのかを知らずに過ごしてきた。まぁ、小さい時にきたことがあるらしいのに、忘れちゃっただけだけど……。とにかく！　だから、こういうイベントにはずっと参加してみたいって思っていたのよ！」

「なるほど」

もちろん、たった一回体験学習に参加した程度でアンジュフォール領の農業の全てがわかるわけではない。そしてリリだって、そのぐらいのことは誰に言われずとも理解しているはずだ。

それでも、〇《ゼロ》と一には大きな差がある。リリの価値観的に、やはり体験することにはそう強く思うほどの価値があるのだろう。

「ちなみにノアとルナちゃんはこういう感じのイベントに参加したことある？」

「冒険者として害獣の討伐はしたことがあるが、実際に果実に触れるのは初めてだよ」

「でも……お兄ちゃ、ん、わた……し、たち、たま、に、野草……と……か、キノ……コ、とか……森、で、採……って食べ……て……いる……よ、ね？」

「前言を撤回しよう。そう考えたら参加者の中で誰よりも経験があると言っても過言ではない」

「えっ……へん」

ノアもルナも、リリと二週間も一緒にいたせいで気が緩んでいたのだろう。生きるために必要だからしたこととはいえ、貴族令嬢の前で野性的な行動をしたと誇らしげに言ってしまった。

そして言い終えた瞬間、すぐに反省して、二人がかりでフォローしようとするが……、

「ゴメン、調子に乗ってちょっと野性的なことを言ってしまったね……」

「あっ、あっ、あの……っ！　当たり前……です、けど！　いつも……食べて、いる……わけでは……ない、です……っ！」

「あっ、いえ、違うわ！　野草とかキノコの知識があって、その場で食べられるのは本心からスゴイと思う。本当の本当に、たくましいと思う。ただアタシには――」

と、その時だった。

果樹園の職員が現れて、果物狩りの参加者に事前説明を始める。

「参加者の皆さん、お待たせいたしました！　これより果物狩り体験を始めさせていただきたいと思います！　今回の果物狩りの対象はブドウ、ナシ、ピーチのいずれかで、説明が終わり次第案内させていただきますが、五‐六という区画でのみ果物狩りをお楽しみください。当然ですが火気厳禁で、蜂などが出て退治する場合、魔術が使える方は水だけを使って退治してください。それから――――………」

◇　◆　◇　◆

「ところで、リリはいつもの服装のままなんだね」

「ノアとルナちゃんだって、いつもの服装のままじゃない」

「虫が多く出そうなところで長袖なのは別におかしなことじゃないからね」

「ん？　どういう意味かしら？」

「……どういう意味かしらって。どういう意味？」

今回果物狩りは許されている区画に案内されたあと、リリはブドウを採りたいと言い始めた。無論、ノアはリリについていく以外に選択肢が存在しないが――ルナは違う。

ルナはピーチが採りたいと主張して、ノアとリリを二人きりにするのだった。

「このエルフの民族衣装って、ノアの価値観だと露出が多いのかしら？」

「……少なくとも、何ヶ所か虫に刺されることを覚悟した方がいい露出度だね」

職員から教わった方法でブドウを採りながら、二人はそういう会話をする。

そして改めてノアはリリの服装を確認するが――その露出度は相当なモノだった。初めてエルフの民族衣装を見た時、服というより水着では？　と感じたことを思い出す。

服の前側には大きな穴が開いており、胸の谷間がその全貌を惜しげもなく露《あら》わにしている。しかもノースリーブの服装でブドウを採るために両腕を上げると、汗が滴《したた》っている両脇は丸見えだった。

スカートもスカートで随分過激で、腰まで届く深いスリットが入っている。生脚どころか腰の側面まで見えそうだった。

（考えないようにしていたが、一度考えてしまった以上、過激という感想以外思い浮かばない……）

「古来、神樹《しんじゅ》とそれを囲うような樹海のおかげで日陰には困らない。けれど、アンジュフォール領は王国の中では比較的赤道に近くて気温が高い。そういう土地だからこそ、ノアから見たら涼しげな衣装になったのかもしれないわね」

「確かに、言ってから気付いたけど、リリ以外の女性も似たような感じだね」

周囲を見回すと、子連れの夫婦であるエルフたちが視界に入った。母親もリリと似たような格好をしていたし、娘も娘で、服は胸を隠すパレオだけだった。

「それよりも、ノアノア！　アタシたちのことより、ノアについてお喋《しゃべ》りしましょう？　ノアの故郷ではそういう服が一般的だったの？　長袖が一般的なら北国かしら？　あっ！　あと、アタシ、一度でいいからノアとルナちゃんの服を着てみたい！」

「ルナにはあとで確認する必要があるけど、俺の服ならいくらでもいいよ」

「やった！　ありがと、ノア！　えへへ！　それで、質問の答えは？」

「確かに俺たちの故郷ではこういう長袖が一般的だったな」

当たり前だが吸血鬼は日光に弱い。日中に外出する時は可能な限り露出する肌面積を減らすのが吸血鬼の常識だった。

ノアの父親曰《いわ》く――「我ら吸血鬼の先祖は何十世代にもわたり血と骨髄を啜《すす》っていた」「結果、吸血鬼は体内のヘム生成回路の機能が弱まり、逆にヘム鉄を直接、外部から高効率で摂取できるように進化している」「そして、そのヘム生成回路の機能の弱さは光線過敏症の原因の一つだ」「そのため、吸血鬼が日の光を浴びて活動するためにはヘム鉄を継続的に摂取せねばならない」――とのこと。

せめてもの救いは人間やエルフ、ドワーフなどを吸血の対象にしなくていい、という点だろう。

「あと、俺たちの故郷が北国なのも正解。で、旅をするなら南側にも行ってみたいと思い、アンジュフォール領にやってきたんだ」

「そうだったのね」

リリは納得しているが、ノアの答えの半分はウソだった。

確かにノアとルナの故郷であるノワールエヴァンジル王国は帝国より北に存在するが、必死に南下した理由は天罰代理執行軍の国境警備隊を警戒したからである。特に故郷を焼かれた直後は魔術師として相当未熟な状態で、植物状態のルナが入ったトランクを持ちながら、死臭が漂う瓦礫《がれき》の山と、国境と、国境警備隊がうようよしている要警戒エリアを越える必要があったのだ。

当時のノアとルナの目線だと、南に行って行き過ぎるということはありえなかった。

「他にもノアに質問があるわ！」

「うん、なに？」

「ちょっと話題を前のモノに戻すけれど……たとえば蜂って、そんなに出るの？」

「そんなにって、どんなに？」

「アタシも当然知識として蜂の存在を知っているけれど、出会ったことがないのよ。クマが山を下りてくる確率ぐらいで出会うのかしら？」

「いや〜、流石《さすが》にクマと比較したらより高確率で出会うと思うよ」

「なるほど、だから事前の説明でクマへの注意がなかったのに、蜂への注意だけはあったのね」

リリはブドウを採りながらうんうんと頷《うなず》く。傍《はた》から見たら些細《ささい》な疑問かもしれないが、彼女個人は疑問に対して納得できる答えを得られて満足そうだった。

と、ちょうどそこで――、

「あれ？　きゃあああああああああ！　ノアノアノアノアノア！　蜂よ！　蜂蜂蜂！

ホントに出たわよ！」

「あっ、ホントだ。まぁ、こんな感じで、蜂と出会うのはあんまり珍しくないよ」

実際に蜂が現れて、ノアとリリの方に近付いてきた。

それこそ事前の説明で、蜂が出たら魔術を使える者は水で退治してくださいと言われていたのだが……冷静さを失ったリリはそのことを忘れている。使えるはずの魔術を使わずに、リリは強く、強く、ノアの左腕に抱き着いた。

ノアの左腕はちょうどリリの服の胸の穴の部分に押し付けられて、やわらかい谷間で挟まれることになる。

「えっ？」

ノアとしては蜂の登場なんかよりも、リリの行動の方に遥かに驚いた。

たかが蜂程度、魔術を使えるなら退治できないわけがない。腕に抱き着かれて、胸を強く押し付けられて、それで自分だって動揺しているが、たった数秒呆《ほう》けたところで蜂なんて怖くはない。それが彼の本音だった。

「詠唱零砕《れいさい》、【流水魔弾《ラバル・デ・ヴァーグ》】」

蜂よりもリリのことを考えている間に、ノアではなく、果樹園の職員が魔術で蜂をずぶ濡《ぬ》れにして地面に落とした。これで羽が乾くまで、蜂は再び飛べないはずである。

「リリ、ゴメン、ちょっと俺もビックリしちゃって反応が遅れちゃった」

「うえっ⁉　そっ、そうね！　いくら怖くても抱き着くのはやりすぎだったわね！　アタシの方こそゴメンなさい」

バッ……と、ノアにそう言われてリリは離れた。

今更になって羞恥心が込み上げてきたのか、耳の先端まで顔が赤らんでしまっている。

「とりあえず……やっぱり薄着は不安だし、リリがイヤじゃなければ、俺の上着を羽織ってほしい」

「う……うん、なら、お言葉に甘えるわ」

本人の許可を得てから、ノアは自分が着ていた上着を脱いでリリの肩にかけてあげる。

そしてそのタイミングで、客が話し終えるまで待っていた職員が話しかけてきた。

「お客様、おケガはございませんか？」

「ええ、大丈夫よ。助けてくれてありがとう。やっぱり怯《ひる》まないのね」

「いや〜、たかが蜂なんかに毎回怯《おび》えていたら果樹園の職員なんて務まりませんよ。果樹園の敷地《しきち》内に巣を作られていたってなると話は変わってきますけど」

笑いながらそう言うと、職員の男性エルフは軽く頭を下げながら、他に困っている参加者がいるか否《いな》かを確認する巡回に戻っていった。

◇◆◇◆

そして数時間後、三人は採った果物の何割かを果樹園に併設されたカフェで食べていた。

もちろん果樹園に併設されているので、果物狩りで採った果物なら店内に持ち込んでも問題はない。

ノアとリリがブドウとナシを担当して、ルナがピーチを担当した結果、かなりバランスよく採ることができていた。

「ん～～～っ！　瑞々《みずみず》しくて甘くて美味《おい》しい～～～っっ！」

「えへ、へ……、リリ……さん……の……言う、と、おり……甘く……て、とて……も、美味し、い……です」

ノアの対面に座るリリと、隣に座るルナが、まずはナシを食べてリアクションをする。

本当のところ、ルナはナシの果汁の一滴さえ身体《からだ》に取り込めていないが……。

「リリ、参加した甲斐《かい》はあった？」

「もちろん！　とても楽しかった上にこんな美味しい果物まで食べられて最高よ！」

イベント中、何度かノアが違和感を覚える表情をしたリリだったが、少なくとも総合的にはプラスの評価ということは間違いなさそうだった。

ノアとしては考えるべきことが増えたイベントだったが、それはむしろリリの攻略が次のステージに進んだ証拠でもある。

リリだけではなくノアとしても、今回の外出には満足していた。

「リリ様、ここにおられたのですね」

「「「ん？」」」

三人の声が重なる。

ふと呼びかけられた方に視線をやると、そこには老いた男性のエルフが立っていた。

「……どちら様かしら？」

「ご挨拶が遅れてしまい大変申し訳ございません。私はここの果樹園の園長を務めているギルメットと申します」

「初めまして。リリ・アンジュフォールです。こちらの二人はアタシの護衛で……」

「初めまして、ノアと申します」

「は……初……め、まして、ルナ…………です」

「それで、なにかご用ですか？」

「はい！　こちら、お口に合うかはわかりませんが、お土産を用意させていただきました。

どうぞ公爵様と召し上がってくださいませ」

ギルメットはそう言いながら、そのお土産とやらが入った手提げ袋をリリ――ではなく護衛であるノアに渡した。それを見て、ノアとリリとルナは顔を見合わせる。

この展開はリリにとっても意味不明なモノだったが、ノアとルナにとっても計画にはない出来事だった。

「質問してもいいかしら？　どこでアタシが公爵の娘だって知ったの？　よくないことだけれども、受付の時は偽名を使っていたはずよ」

「はい、問題ございません。もともと果実狩りの受付は定員に達していたので早期に締め切っていたのですが――」

「……もういいわ。アタシが思い立って電話しようとした時点で、すでに締め切り済み。仕事で例年のペースを知っていたお父様が家の名前を出してアタシたちをねじ込んだ、って感じでしょう？　電話を借りようとした時、代わりにやっておくって言われたのを思い出したわ」

一気に言い切ると、リリは心底つまらなそうに溜息《ためいき》を吐《つ》いて、頬杖《ほおづえ》を突いた。

「…………お土産はキチンとお父様に渡しておくわ。用件は以上かしら？」

「はい、お時間を取らせてしまい、大変申し訳ございません。この度は当果樹園の果物狩りにご参加いただき、誠にありがとうございました。失礼させていただきます」

深々と頭を下げたのちに、ギルメットはまだ残っているはずの仕事に戻っていった。

そんな彼を見送ったのち、リリは再び、先ほどよりも大きな溜息を吐く。

「ねぇ、ノア」

「なに？」

「一人でもちゃんとするって表現にはいろんな意味合いがあると思うけれど……アタシにもっと、常識とか、計画性とか、あとは犯罪に巻き込まれないための最低限のチカラがあったら、こんな形で参加すること、なかったのかな？」

「そう、だね。俺はそう思うよ」

ノアからの肯定を得ても、リリの表情は晴れない。

決して否定することが正解だったからではない。ウソ偽りなく、リリは自分なりの答えに辿《たど》り着けたものの、不安だからノアに後押ししてほしかっただけだ。

「失敗しても残念だったで終わる話なら、こんな介入、しないでほしかったわ」

「「…………」」

「今のアタシには、そんなことを言う資格さえないのかもしれないけれど」

そうして、リリは黙々と果物を食べ続ける。

先ほどまでの笑顔がウソのようだった。

そして数分後、ルナが魔術を使いノアにだけ聞こえる音で話しかけてくる。

（残念だけど……今日の外出は失敗、かな？）

（――――いや、確かにリリは今、今日のイベントに後味の悪さを覚えている。だけど、俺たちとしては次にすべきことを明確にできた転換点のはずだ）

◇◆◇◆

ノアたちが果樹園に行った翌日の昼前。

アンジュフォール公爵領、天罰代理執行軍の駐屯地にて。

「おい、お前、ちょっといいか？」

「勇者様⁉　どのようなご用件でしょうか？」

勇者であり、伯爵家の一員でもあるロベールが声をかけてきたのだ。

事務員の女エルフは取り掛かっていた仕事を一時中断してロベールに向き直る。

「ここ一週間ほど、とあることについて調査をしているんだ」

「調査？　どのような調査でしょうか？」

「正直に言うと、確証なんてなにもない。俺の勘違いで済むなら、それに越したことはない話だ。ただ……なんとなく、少なくとも一週間前から魔族がこの街に紛れ込んでいる感じがするんだ」

「あくまでも感覚的なことで証拠がないから、一週間は独自で調査をされていたということでしょうか?」

「そういうことだ」

事務員の女エルフは内心で少し首を傾《かし》げる。

いくら勇者といえども、発言の内容がかなり抽象的すぎた。信用に値する相手なのは間違いないが、勇者になれば魔族を自動的に嗅ぎ分けられる能力が開花するわけではない。

そして、ロベールにも変なことを言っている自覚があったのだろう。

事務員の雰囲気を察して、返事がくる前に自分から話を続けた。

「それで、だ。皇帝陛下より認められた勇者としてお願いしたいことがある。詳しいことは訊《き》くな。そして、ついこの前、アンジュフォール公爵のバカ娘が誘拐されかかった事件があったよな? あれの詳細な記録を探してまとめて俺にくれ」

「……わかり、ました。事件の記録を確認するのに特別な許可は必要ありませんし、私の方で探しておきます」

「あぁ、助かる。俺はこのあと会議があるから……そうだな、明日、今と同じぐらいの時間にまたくるから、それまでに用意しておいてくれ。それと、勘違いだったら恥ずかしいから、実際に俺が結論を出すまで、他のヤツには言わないでおいてくれ」

「はい……それについても了解です」

この事件を起こした組織の構成員は全滅しているが、ロベールは残党がいると考えているのかもしれない。

やり取りを終わらせて去っていく彼の背中を見ながら、事務員は自分を納得させるようにそう思った。

実際、面倒事を押し付けられた感じだが、手続きが複雑な類のモノではない。書類整理の延長線上にあるような雑用だ。違和感を覚えても無視できる程度である。

一方で、会議に向かうロベールはもどかしさを覚えていた。

自分がしている調査は本当に個人的なモノで、軍として大人数を動かすことができないことはどうでもいい。

むしろ、ロベールとしてはこの件に関わるのは自分一人でいいと考えていた。

しかし個人的な活動である以上、調査は仕事が終わったあとにしか行えない。ゆえに、いくら勇者だとしても一日で調査できる量には限界があった。

（――少なくとも一週間前の闘技場には十中八九、魔族の中でも吸血鬼がいたと言える。これはもう俺の中では揺るがない仮定だ。で。ここ最近、アンジュフォール領で起きた事件をリストアップしてみたら、あのバカ女が誘拐されかかった事件があったんだ。あのバカ女は仮にも公爵家のエルフ。他の小さな事件と比較して、この事件は魔族が潜んでいる可能性が高い。そして実際に吸血鬼を見付けて、それを証明できる充分な証拠を用意できたなら――向こうがなにか一つにでも気付く前に、俺一人で片付けなければ）

七章　共通の壁を用意することで恋は一気に盛り上がります！

「リリって、冒険者の仕事について興味があったよね？」

「えっ？　うん、そうね」

やはり前回の外出から一週間後、ノアは屋敷《やしき》の入口でリリに問う。

二人の他にはルナの姿もあり、みんな外出の準備ができているようだった。

「今日の外出先についてなんだけど、まだ気分が決まってないなら、冒険者ギルドに行ってみない？　もちろん、公爵様には制限付きではあるけれど、許可をいただいている」

「ホントに⁉　どうしたのよ、急に！　前はオススメしないって言っていたのに！」

提案した瞬間、一気にリリが笑顔になった。瞳をキラキラさせながらノアに迫る。

「俺たちは平日、リリが家庭教師と勉強している間に、旅の資金を補充するためギルドで依頼をこなしていたんだ」

「そんなことをしていたのね。それでそれで？」

「当然、依頼の受付窓口はギルドにあるんだけど……三日前、以前とある依頼で協力した人に出会ったんだ。冒険者には分不相応な依頼を回避するためにランク制度が存在するんだけど、その冒険者のランクは俺と同じ。向こうが提示した条件は依頼達成時の報酬のうち、三分の一をもらうことだけ。これにリリが納得してくれるなら、今日はまず冒険者として登録して、後日になるけどリリを依頼に連れていこうと思う」

「するわ！　納得するする！　こうして自由に外出できるだけでも奇跡なのに、たとえ一回限りだったとしても、冒険者として依頼をこなせるなんて夢のようだわ！　ノア！　ホントにありがと！　すごく嬉《うれ》しい！」

リリはエルフ耳をピコピコ上下に揺らしながら、その場でピョンピョン飛び跳ねた。

例のごとく、感情を抑えきれずに身体が動き出したのだろう。ノアが最後まで言い切る前に即答する。

「気持ちが変わることはなさそうだけど――」

「ないわ！　絶対に！」

「……でも、大切なことだから他の条件についても言っておく」

「あぁ～、そういえば、お父様にもなんか制限を付けられたって、言っていたような、言っていなかったような……」

「人の話は最後までキチンと聞きましょう」

「むぅ……、ノアまで家庭教師みたいなこと言わないでよ……。アタシ唯一の理解者なのにぃ……」

耳をピコピコさせていたのも束《つか》の間のこと。

よりにもよってノアに真面目なことを言われて、リリの耳は落ち込んで垂れてしまった。

「ケガさせない、目を離さないっていうのは大前提だけど……まず、高難易度の依頼を受けないこと。正直、これに関しては公爵様が心配するまでもなく、協会の方で受注可能な依頼を選定してくれるから問題ない」

「さっき言っていたランク制度ね」

「そのとおり。あと、他には時間制限だ。午後七時の夕食までには帰宅して、かつ、テーブルの席に必ず着いていること。そしてその制限を守っていたとしても、完了までに二日以上費やす依頼は禁止」

「前半は理解できるけど、後半はどういう意味？」

「リリは体力が限界を迎えていても、絶対に依頼を強行するからって」

「ふふん！　褒め言葉として——」

「受け取っちゃダメだよ。お試しでも冒険者になるんだったら、リスク管理についても体験しておこう」

「は〜い……」

頷《うなず》いてはいるものの、リリは不満そうに頬を膨らませた。

だが、今までずっと成り行きを見守っていたルナが少しばかり口を開いた。

「ふふっ……リリ……さん。お兄、ちゃ……ん、が、相、手だ……と、ちょ……っと、ぐら……い、行……動……を、制……限、され、ても……我慢、で……きる、よう……に、なり……ました……ね。前……とは……少し、変わり……ました」

「うえっ⁉　ち、違うわよ⁉　ノアが特別ってわけじゃなくて……っ！　いえ、それも違うわね……。え〜っと……そう！　特別なのにもちゃんと理由があるのよ！　なにかを制限されること自体にはモヤモヤしているわ！　だけどノアは全部を管理しようとはしていないじゃない！　だからノアの指示には大人しく従っていてもいいかなぁ〜って！」

ルナにからかわれて、リリは顔を真っ赤にしながら言い訳した。頬は当然として、エルフ特有の長い耳の先端まで、ほんのり乙女色に染まっている。

リリの感覚的に他人、特に異性に影響されて自分が変わったというのは恥ずかしいことだったのかもしれない。

「リリ、変化は恥ずかしがることじゃないよ。むしろ、誰かに対してそう思えるようになっただけでも、外の世界を知った甲斐《かい》があったって、公爵様に自分の正しさを主張できるような成果だよ」

「そ……そう？　それは褒め言葉として受け取るわよ？」

「うん、褒め言葉だから褒め言葉として受け取ってくれないと」

モジモジしながら、ノアの反応を窺《うかが》うリリ。対して、ノアはそれに迷いなく返答した。

「～～～っ、まったく、まったくもう！　そういう女の子を勘違いさせるセリフ、あんまり言わない方がいいわよ？　このアタシが照れるなんてよっぽどのことなんだから！」

「褒め言葉だったのは事実だし」

「あ～～～っ、もぅ～～～っ！　それよ、それ！　そういうセリフは禁止禁止！　顔が熱くなっちゃう！　話すよりもまず、今は冒険者ギルドに向かいましょう！」

そう言うと、リリはノアとルナを置いて先に進み始める。

いつもよりもさらに早足で進む彼女の顔がまだ赤らんでいたが、同時に、その口元はとても嬉しそうに緩んでいた。

◇◆◇◆

数十分後、三人は冒険者ギルド、アンジュフォール領支部に到着した。

建物は地上三階建てで、一階には受付のカウンターや食堂など、二階には冒険者のためのミーティングルーム、三階には事務所がある。そして余談ではあるが、隣の敷地《しきち》には宿まで存在していた。

「すごい、エルフが少数派のところなんて初めてきたわ」

「誘拐事件の時、エルフはリリだけだったよ？」

「あれは流石《さすが》にノーカンよ！」

ノアに反論すると、リリは改めてエントランスを見回した。

獣人の中でもイヌ、ネコの耳と尻尾を持つクーシー、ケットシーや、他種族と比較して低身長な代わりに体積あたりの神経が多いドワーフ、他にはドワーフよりもさらに小柄で成人でも身長が三〇センチメートル程度しかないフェアリーや、翼を持った人魚であるメリュジーヌなどがリリの目に映る。特にメリュジーヌは人生で初めて見た種族で、リリとしてはどうして基本的には人魚なのに、陸上で冒険者になろうと思ったの、と、そう質問してみたい好奇心さえ、すでに芽生えていた。

「お兄……ちゃ、ん、リ……リさ……ん、まず……は、受……付……で、登録……を、しな……い、と……です。わ……た、し……は……今週……の、依頼、を、吟……味、して……き……ます」

「ルナちゃんとは別行動なのね」

「登録の付き添いにそう何人も必要ないからね。じゃあ、ルナ、今から登録の付き添いをしてくるから、掲示板の近くにいてね？」

「は……ぃ、お兄、ちゃん、いって……らっ……しゃい」

手をパタパタ小さく振りながら、ルナはそう言って離れていった。

一方、ノアとリリの二人は受付で新規登録の旨《むね》を伝えて、少しだけ待たされることに。

その間、リリは一階の様子を見て回る。ノアとしては見慣れた部屋だが、やはりリリには新鮮に感じられるのだろう。

「やぁやぁ、ノアくん！　こんちゃす！」

「オリヴィアさん、こんにちは」

「こんちゃす！」

「……こんちゃす」

「……どちら様かしら？」

クセっ気が強いライトブラウンのもふもふロングヘア、そこから飛び出ているのはキツネのように長い耳だった。ワンピースに開けられた穴からはやはりキツネのような尻尾が出ていて、彼女が獣人であることに疑いようはない。

身長は耳を考慮しなくてもノアと同じぐらい高い。寝不足なのか、目は開けているのか閉じているのかわからないような糸目で、右手にはワインをボトルのまま持っている。信じられないことに、ボトルから直接飲んでいるようだった。

「冒険者仲間のオリヴィアさん。根っからの酒好きで、各地の酒を飲むために旅をしている獣人だよ」

「初めましれ、オリヴィアれす！　しゅきな物はお酒れす！　よろひく！」

「えっ、あっ、はい、リリです」

自分以上に押しが強い相手にリリが臆してしまう。

拒む間もなくあっという間に左手で左手を摑《つか》まれて、ブンブンブン！　と、子どもみたいな握手を強制される。

「可愛《かわい》い子れすねぇ、新人しゃんれすか？」

「……ちょうど今から登録の手続きをするところです」

内心で（面倒なヤツに会ったなぁ……）とノアは思う。冒険者としての活動をリリに体験させるなら、少しだけどこかのコミュニティと交流させる考えは存在していた。

しかしこいつはダメだ。ただの酔っ払いだ。なぜよりによってこいつと出会うのかと、ノアは自分の運のなさを呪った。オリヴィアと一緒にいる以上、面倒事を避けるため、もはや誰も近付きはしないだろう。

「オリヴィアさんの方こそ、この時間帯に起きているのは珍しいですね」

「わらしの中で、今は深夜の三四時れすから！」

過剰な徹夜をさも誇らしげに言いながら、オリヴィアはボトルに口を付けて傾けて、ワインをぐびぐびと喉を鳴らして飲みまくっている。

「なんで寝てないんですか？　健康についてはもうなにも言いませんが、睡眠不足は集中力の低下も招きますよ」

「お酒飲むとれぇ、夜におしっこ行きたくなるんれすよ」

「アルコールにはそういう効果がありますからね」

「れぇ！　水分補給で、そこでもっかいお酒を飲むらないれすかぁ」

「水飲めよ、酒じゃなくて」

「堅いこと言わらいれくらさいよぉ！」

そう言いながら、オリヴィアはノアの肩に腕を回してダル絡《がら》みしてきた。

口からは信じられないぐらい甘ったるい匂いがしている。

「そういえば、知っれいますか？　最近、ノートルダムラムル領って獣人の街れ、連続失踪事件が起きれいるらしいんれすよ。物騒な話れはありますけお、護衛任務やら、警察に失望した被害者家族からの捜索依頼やらで、冒険者の需要が高まってきれいるらひいれすお。自分が被害者にならない自信があるなら、行ってみてはろうれしょうか？」

「獣人の街か」

「そうれふ、そうれふ。わらひみたいなケモ耳美少女がわんしゃかいるモフモフパラダイスれす。わらひの故郷れはありましぇんが」

ふと、オリヴィアは尻尾を動かして、先端の毛でノアの頰をくすぐる。

リリが目の前にいることもあり、ノアは可能な限り心底鬱陶しそうな顔をした。

「ちょっと、ノア」

「ゴメン、リリ、決して無視しようとしたわけじゃないんだ」

「それはわかるけれども、その……そう、どういった経緯で、オリヴィアさんと知り合ったの？」

「おっ！　嫉妬れすか？　かぁいぃれすねぇ！」

「ち、違います！　別に嫉妬なんて……」

自立している冒険者とは思えない足取りと舌足らずな声で、オリヴィアは今度、リリの方に向かう。

が、リリは顔を赤らめたのち、臆して一歩後退《あとずさ》った。

「ありゃりゃ、お酒を無理強《むりじ》いするようなことはしないから、怖くないれすよ」

「それを理由に後退ったわけではないんですが、意外です」

「らって、自分の飲む量が減るらないれすかぁ！」

モラルという概念が入る余地のない最低の理由だった。

「リリには俺から説明するので、オリヴィアさんはお酒を飲んでいてください」

「わーい！　やさしぃ！」

完全にあしらわれているだけなのだが、オリヴィアはノアに許されたとおりワインを飲み始める。アルコールを摂取できるなら、他のことはどうでもいいのかもしれない。

「それで？」

「冒険者の中ではありふれた理由だと思うけど、以前、彼女とパーティーを組んで依頼をこなしたことがあるんだ」

「チームワーク、大丈夫だったの？」

「空気は読めないけど話が通じないわけじゃないしね。それに女性一人で各地を旅できるぐらいには強いし」

と、その時だった。

受付からリリが呼ばれる。新規登録の準備が整ったのだろう。

「ではオリヴィアさん、俺たちは行きますんで」

「失礼します」

「バイバ～イ！　あっ、ノアくん、わらし、ノートルダムラムル領に行ってくるけお、会えたら会おうれ！」

互いにそう離れてもいないのに、オリヴィアは大きく腕ごと手を振りながらノアたちを見送った。

「──はい、という感じで！　今のは極端な例だけど、冒険者にはああいう感じのヤツも多いんだ」

「よくも悪くも新鮮だったのは間違いなかったわ……。今まで、アタシの人生で見たことのないタイプだったから」

「オリヴィアさんはリリがしたい旅をしている状態だけど、決してああならないように」

「もちろんよ」

その後、二人は手続きのための個室に案内された。床にはフカフカの絨毯《じゅうたん》が敷き詰められていて、部屋の中心にはローテーブルが一脚、それを挟み込むようにソファが二脚、壁には絵画が飾られている上に観葉植物まで存在していて、かなり豪華な部屋だった。

「思ったより豪華な部屋ね！」

（一階の個室って冒険者が入れる部屋の中では一番豪華な部屋だからな。ミーティングルームはもっとしょぼいし）

はしゃいでいるリリと、彼女に余計なことは言わないノア。二人は事務員の女性エルフに促されてソファに座る。次に事務員もまた、二人がキチンと座ったあとに、その対面のソファに腰を下ろす。

続いて事務員は書類をテーブルに並べてから話し始めた。

「手続きを担当させていただくグリエットと申します。よろしくお願いいたします」

「「よろしくお願いいたします」」

「すでに冒険者としてご活躍なされているノア様からギルドについてお聞きになっているかもしれませんが、改めて私の方からも説明させていただきます」

「入会手続きはそのあと？」

「はい、仰《おっしゃ》るとおりです。どれだけ皆様がリスクの管理をしても、おケガの可能性を完璧には排除できないのが冒険者という職業です。お時間を取らせてしまい恐縮ですが、最後まで説明をお聞きいただき、その上で入会の判断をしていただければ幸いです」

「わかったわ。話を遮ってしまってゴメンなさい」

「いえ、むしろ疑問に感じられたところをすぐに質問していただき、誠にありがとうございます。それでは改めて冒険者ギルドの説明をさせていただきます」

するとグリエットはコホンと可愛らしく小さく咳払《せきばら》いをして、説明を始めた。

「ギルドという言葉を聞くと当ギルドの他に、七大ギルド第一位の司法ギルドや、第二位の金融ギルドなどを思い浮かべるかもしれません。ですがそのような伝統的なギルドと異なり、冒険者ギルドには独自のルールが存在しています。従来のギルドは徒弟制度を前提にして、基本的には各々《おのおの》の職業でマスターという階級にまで辿《たど》り着かないと構成員になることはありません。語弊を招くかもしれませんが、簡単に申し上げますと、従来のギルドはベテランによる会合の場でした」

「冒険者ギルドは？」

「体感的な発言になりますが、冒険者の方々は他の職業の方々と比較して、個人事業主として生活なされている感じが強いです。パーティーを結成する時、二人だけのパーティーや、一日限りのパーティーを結成するということもよくあります。そうした冒険者の皆様の気質により当ギルドは時間と共に変化いたしまして、今現在は数少ないベテランが業界全体の方針を会議する場というより、誰もが気軽に依頼達成のために必要な手続きをする場になっております」

「要するに堅苦しくない。入会の手続きさえしてしまえば、その直後に顔出しできるのが他との違いってことだね」

「いいわね！　そういう風に必要に応じて変化していく感じ！」

「ですが、冒険者の皆様が個別に依頼を探すのも残念ながら非効率的です。そこで、冒険者ギルドでは事務員を雇い、依頼の受付窓口を開設。支部ごとに多少の違いがございますが、さらに食堂や情報管理室、医務室や宿泊施設を付け足していき今に至ります」

「なるほど」

「当ギルドにはご自身の実力にあった依頼を受けていただくために、ランク制度が存在しています。ランクは一からスタートして最高で一〇まで。依頼をこなしていくことでポイントを貯《た》めたあと、試験官が指定する標的を一人で討伐すると次のランクに進めて、難易度が上がっていくものの、より報酬も豪華な依頼を受注できるようになります」

「ちなみにノアのランクは？」

「八だね。あと、ルナも一緒」

「えっ⁉　ノアでも八なの⁉」

「九以上になると集団で大規模な依頼を受けた時、リーダーに推薦されてメンドクサイからね。ランク八でも路銀には困らないし」

◇◆◇◆

その後、リリの入会手続きは無事に完了した。これでリリは晴れて冒険者になれたわけである。そしてリリが意気揚々と部屋を出てすぐのこと。

「ノア、こんにちは」

「クロエ、今日もギルドに来ていたのか」

クロエという名前らしい女性が、リリ越しにノアとの話を始める。

どうもオリヴィアと同様にノアの知り合いらしいが……クロエの方は同性のリリから見ても目を背けたくなるほど大人びた美人だった。

おっとりとした赤い垂れ目は見ているだけで癒《いや》されそう。

血色の良い薄桃色の唇は常に淑《しと》やかに微笑《ほほえ》みを浮かべていて、優雅さを比較するとリリでは勝負にさえなりはしない。

冒険者だからかヒールは履いていないのに、それでも一六〇センチを余裕で超える長身。

胸もリリより大きく、ノアと過ごした時間も自分より長いのかもしれない……とリリは急に胸がモヤモヤしてしまう。

女性らしく丸みを帯びた身体《からだ》つきなのに、腕も脚もスラリと長い。胸だけではなくおしりも大きめなはずなのに、服の上からでもわかるほど、キチンとくびれが存在している。家柄にしか勝ち目がない。

リリだって充分、美少女と周りから思われるルックスのはずなのに、クロエはそのリリにそう思わせるほどの美人だった。

（なんか……、ちょっと……、また居心地が悪くなっちゃいそう……）

そのようなリリの不安を知ってか知らずか、ノアとクロエは会話を続けた。

「新人さんを勧誘したそうだけど、今日は子守りの日じゃなかったのかしら？」

「俺が好きでやっていることだ。ご主人様の目の前で、そういう言い方はやめてくれ」

「あらあら、こちらのお嬢さんが今の雇い主だったのね。初めまして、ノアと何度か依頼をこなしてきたクロエと申します」

「――初めまして、リリです」

上手《うま》く言語化できないが、リリはすでに自分が子ども扱いされているような気がした。

子守り発言については、自分がノアの雇い主だとわかっていなかったのだから普通に許せる。しかし、自分がノアの雇い主と判明したあとの会話でも、まるで子どもに言い聞かせるようにゆっくりと喋《しゃべ》っている。

喋る速度だけでそう決めつけるのもよくないが……頭ではそうわかっていても、リリの心はかなり強めに決めつけにかかっていた。

「もしかしたら話を聞いているかもしれないけど、お嬢さんの身の安全のため、お姉さんも依頼についていくことになりました」

「そう、ですね。それは……すでに聞いています。アタシのワガママを聞いていただき、ありがとうございます」

「ううん、気にしないで頂戴。子どもがワガママを口にするのは普通のことよ」

すでに、リリはクロエのことを嫌いになっていた。

本人は善意で言っているのかもしれない。自分の外出時の護衛を担当してくれるなら、父親よりも自分の話を聞いてくれる相手なのかもしれない。

だが、なぜかはわからないがクロエの言葉は妙に的確にリリの自尊心を傷付け続けた。

「子どもって……アタシ、人間換算でも一五歳以上ですよ？　ノアと大して変わらない年齢です。タバコやお酒を楽しめる年齢じゃないですけど、かと言って、そんなお子様相手の対応をされるような年齢でもありません」

「そう？　なら質問させてもらうけど、お嬢さんは一人でなにができるの？」

「なにって――……」

クロエの質問にリリは言葉を詰まらせる。

質問の内容が抽象的だったからか？　否《いな》――それならジャンルを問わずに一人でできることを列挙すればいいだけだ。

だというのに、リリが返事に困った理由はただ一つ。胸を張って、自信満々に、自分はこれができますと言い張れることが、リリにはなに一つとしてなかったからだ。

「クロエ、そのあたりで終わらせてくれ。リリだって現状に疑問を感じているからこそ、変わるために頑張っている最中なんだ」

「ノア、後出しで悪いけれど、私がこの子の護衛をするための条件、一つ追加するわ。それはこの子に言いたいことを全部言わせてもらうこと。子どもじゃないんなら、言われたことが事実なら向き合えるはずよ」

「～～～～っ！　当然よ！」

リリがそう言ってしまった以上、ノアはこの言い合いに関して第三者になってしまう。

これ以上できることと言えば、口論が過熱して物理的な戦いになった場合、リリを落ち着かせて守ることだけである。

「お嬢さん、お姉さんはね？　一緒に取り組む依頼で、お嬢さんに戦ってくれることなんて望んでいない。代わりに望んでいることはたったの一つ、迷子にならないでほしい、ただそれだけ。さて、これは果たして本当に、人間換算で一五歳ほどの女の子に対する要求なんでしょうか？」

「その要求は日常じゃなくて非日常的な環境でされるものじゃない！」

「身の丈に合わない非日常的な環境に周囲を巻き込んで突撃することも、やはり人間換算で一五歳ほどの女の子のすることじゃないわ」

「ぐぅ……っ！」

リリを攻略したい。リリを恋に落としたい。そういう大前提が存在する以上、ノアは内心で疑問を抱いていても、彼女の思いを基本的に肯定し続けてきた。

しかしリリの言い分とは本来、口論になった瞬間、こうも簡単に押し黙ってしまうハメになるモノだった。

「お嬢さんが半ば軟禁状態のような生活を送ってきたことはノアから聞きました。それについて、お姉さんも親御さんに文句を言いたい気持ちがないわけではありません。一人で解決できない問題に直面した時、周囲に助けを求めることについては、むしろいいことだと思います。もっと言うなら、基本的に私はあなたに同情しています」

「なら、どうしてそんな言い方を……っ」

「変わるための行動自体は好ましいですが、それにしたって段階というモノがあるべきです。同情している部分があるのも事実ですが、ハッキリ言って頭が悪いとしか思えない部分があるのも事実です」

「な……っ！　流石《さすが》にその発言は不敬よ！　帰ったらすぐに──」

「──ご自身で、なにかできることがあるんですか？」

リリが言いたかったことを、クロエが察して封じる。

「どの程度の規模かは知りませんが、お嬢さんがお金持ちの箱入り娘ということはわかっています。ですが、お嬢さんが屋敷《やしき》に帰って親に泣きついて、その親がどこかに圧力をかける前に、お姉さんは確実にこのアンジュフォール領を脱出できます。苛立《いらだ》つ相手が目の前にいるなら、反撃される覚悟を持って、自分の拳で殴り掛かりなさい」

クロエがそこまで言うと、ついにリリは俯《うつむ》いてしまった。

涙は流していないものの、流石にこれ以上の口論はできないだろう。

「ノア、依頼が中止になったら連絡をちょうだい」

「あぁ、わかった」

ノアにそう言うと、クロエは階段を上りミーティングルームがある二階に姿を消した。

続いて、ノアは俯いているリリに視線を移して、こう思う。

（────心苦しいけど、これでいい。クライマックスまで、あと少しだ）

八章　お兄ちゃん、完璧に攻め時です！

「あの初対面の相手をバカ呼ばわりした女をギャフンと言わせたい！　二度とあんなこと言われないように成長したい！　最初の予定よりどんなに厳しくなってもかまわない！　アタシに本格的に魔術について教えてください！」

冒険者ギルドから帰宅したあと、ノアはリリにそのように頭を下げられた。

そして翌日、家庭教師との勉強が終わったあと、ノアはリリの自室を訪れた。頭を下げられたとおり、彼女に魔術を教えるためである。

「お邪魔しま～す」

「ええ、遠慮なく入ってちょうだい」

リリはいつもの民族衣装ではなくラフな部屋着を着て、机の前に座っていた。

思えば、すでに屋敷に滞在して一ヶ月ほど経《た》とうとしているが、ノアがリリの部屋を訪れたのは初めてだった。

床には赤を基調にした豪奢《ごうしゃ》な絨毯《じゅうたん》が敷き詰められていて、三人ほどで寝ても広さに余裕がありそうなベッドは当たり前のように天蓋付き。今回の授業に使う机の他に、部屋の中心にもガラス張りのローテーブルと、それを挟み込むように配置された二脚のソファがあった。

「一応確認するけど、一晩経っても俺から魔術を教わりたいって気持ちに変化はない？」

「ないわ！」

リリがすでに座っていたイスの隣には、また別のイスが用意されていた。家庭教師がリリの勉強を監督している時に使っているイスかもしれない。

それをポンポンと叩《たた》きリリが着席を促してくるので、ノアはそれに従った。

「アタシはあの女が正直嫌い！　自立した人間として未熟なアタシに苛立っていたのかもしれないけど、バカ呼ばわりまでされるいわれはないわ。依頼の内容に報酬に見合わない文句があるなら、そもそも断ればいいだけの話。少なくとも、昨日の時点ではなにもあの女にとって悪いことしていないんだし、それなのにどうしてあそこまで言われなくちゃならないの？　って感じよ。嫌い！　ホントにムカつく！」

「それでも結局、リリは公爵様にクロエのことを報告しなかったんだよね？」

「悔しいけど……悔しいけど悔しいけど悔しいけど！　〜〜〜〜っ、はぁ…………アタシが一人じゃなにもできないってことはあの女の言うとおり。料理もできない。掃除もできない。そういうことをまとめて指摘されて、それで開き直って権力者である父親に告げ口とか……そんなことをしたら、自分で自分を軽蔑するわ」

リリは机の下で両手を握り、怒りでワナワナと震わせている。

「そう思えるだけでも、リリは偉いよ。料理する必要がない。掃除する必要がない。家庭教師と勉強さえしていれば、親が仕事を用意することもできる。そういう環境に生まれてもなお、向上心があるんだから。クロエにあそこまで言われても、あの女の言うことにも一理あるかも？　って思うことができるんだから」

「ゴメンね、ノア。気を遣わせちゃったわね」

「気にしないでほしい。俺はクロエの過去を知っているけれど……それでも、あれはそれこそ大人の対応じゃなかった。それに、謝るのは俺の方だ。俺が紹介した相手なのに、彼女が勝手に依頼に加わる条件を追加するとは予見できなかった。リリは言われたことが事実なら向き合うのは当然って考えてるようだけど……何事にも言い方ってモノがある。護衛だからとか、そういう理由じゃない。自分が本心からリリを守るべきだと考えたなら、実際にそうするべきだった。それこそ、自分の心に素直なリリのように」

「――――ノア――、そういうことを、考えていてくれたのね」

部屋に静寂が広がる。

けれど気まずくはない。むしろリリにとってこの静寂はとても心地よいモノで、ジッとしていることが苦手なのに、いつまでもこの雰囲気に浸っていたいと思うほどである。

しかし、ノアの方も今、この瞬間をいい雰囲気だと思っているが、今はまだ告白の時ではない。ルナのためにリリの血を奪う時ではない。ノアは咳払《せきばら》いすると、改めて話を続けた。

「よし、リリの気持ちも聞けたことだし、勉強を始める前に情報を整理しておこうか？」

「情報？」

「昨日は冒険者として登録の手続きをしただけで、初めての依頼を受けるのは六日後だ。これは当初の予定通りで、クロエの暴走とは関係ない」

「そうね。どんなにランクが低くて簡単な依頼だったとしても、ある程度魔術について教わる予定だったわ」

「そしてその勉強は今日からだけど……昨日、改めて頭を下げられたからね。俺もいろいろ考えた結果、勉強の内容と時間に変更を加えることにした」

「変更？」

「あぁ、もともとは肉体強化、回復、索敵など、これから先の人生でも自分の身を守るために使えそうな魔術の修行を、リリが楽しめるようにゲーム形式で行おうと考えていた」

「うんうん」

「でも、本格的にやるつもりなら、当初の予定より二倍の時間、リリに魔術を教えたい。夕食前の二時間だけじゃなくて、夕食を摂《と》ったあとにも二時間だ。そしてそのどちらかでは実技よりも座学を行う」

「今日はもう部屋にいることだし、座学が先かしら」

「そうだね、もう筆記用具も出しているようだし。あと、他に確認したいことがあるんだけど……そもそも、魔術の家庭教師は雇っていなかったの？」

本当に根本的なことをノアは問う。

どれほど魔術に自信があったとしても、勉強するなら当然、他人に魔術を教える方法を含めて熟練している魔術師に教わった方が好ましい。そして幸運なことに、アンジュフォール公爵家には他の科目で何人も家庭教師を呼ぶだけの金銭的余裕があった。

だというのに魔術の家庭教師だけ雇っていなかったら、なにかしらの理由があるのかと思うのが自然だろう。

「ノアにとっては前途多難になりそうなことを告白するけれど……確かに昔、人間換算で七歳の時、お父様が雇った家庭教師がいたわ。でも、アタシは当時からジッとしているのが苦手で、座学よりも実技が大好きだった」

「……なにか、やらかしちゃったの？」

「かなりやらかしたわ。昔のアタシは肉体強化の魔術を特に気に入って、バカみたいに重ね掛けして飛び回っていた。そして調子に乗って高所から落ちたり、逆に魔力切れを起こして降りられなくなったりしていたの。他には周りからダメって言われても木に向かって【魔弾《ラ・マジーバル》】を乱射して倒してしまったりもしたわね」

ノアの想定よりも遥《はる》かに盛大なやらかしだった。

「魔術の家庭教師を再び雇ったら、なにをしても結局は許されるという認識をアタシに与えることになる。それでは教訓にならない。父親の立場だと、そう考えても全然おかしくないわね」

「リリの性格について再認識できたよ。それでも、今のリリなら座学にも励めるよね？」

「もちろんよ。お父様がアタシをこの屋敷に閉じ込めたのは、この性格のせい。あまりにもやらかしが酷《ひど》すぎるから、二度目の機会さえ与えられないのも自業自得《じごうじとく》。実際、今回アタシに魔術を教えてくれるノアだって、お父様が雇った家庭教師じゃないしね。本来、二度と巡り合うことがない機会に巡り合えたの。成長するなら、内面も含めてよ」

◇　◆　◇　◆

「それじゃあ勉強を始めるけど、その前になにか質問とかはある？」

「はい！　あるわ！　前の先生が答えてくれなかったことだけれど、根本的に魔術ってなに？　なんで発動するの？　発動に必要な魔力も、根本的にどういうモノなの？」

リリにそう言われた瞬間にノアは納得する。

今のように、大多数がそれはそういうモノだからで納得していることを質問し続けたからこそ、前の先生とやらは疲れたのかもしれない、と。

「魔力の運用効率上昇みたいな実用的な話からは一番遠いけど……でも、魔術を扱う上で全てのベースになる話だし、少し専門的な話になるけどそこから始めようか」

「改めてよろしくお願いします！」

「うん、改めてよろしくお願いします」

しかしリリを攻略する上でかつての教師の失敗は貴重なサンプルだ。なにをすると好感度を落とすのか。それが予《あらかじ》め判明しているのはノアにとってありがたい。

無論、過去の事例のありがたさはそれだけではなく——必要なのは根気だけ。リリの興味に付き合えば、基本的にはそれだけでいい。という基本方針も与えてくれる。

「まず全ての魔術に必要な魔力とはなにかについて話すけど——この星に限らず、世界には魔力場と呼ばれるモノが広がっているんだ。抽象的な話になるけれど、この魔力場は揺れることができて、波が発生する。そして、最新の学説ではその波こそが魔力なんじゃないか？　ってことになっている」

「なら、魔力場ってなに？　どうしてそこで波が発生するの？」

「正直に言うけどわからない！」

「……えぇ～」

「だからこそ、それがわかったら魔術の教科書にキミの名前が未来永劫《みらいえいごう》載り続けるよ！」

「……なんだか、ノアってアタシがどうすれば静かになるのかを極めてきているわよね」

「確かに行動はみんなが心配するぐらい過激かもしれない。でも、リリは根っこの部分で素直だからね。たとえ家庭教師の真似事《まねごと》をしていても、わからないことは先生でもわからないと言うのが一番だと思ったんだ」

「ふ、ふ～ん……ノアってアタシのこと、そういうふうに思っていたんだ」

「あっ、気を悪くさせちゃったかな？」

「んっ……別にそんなことないわ。ただ、アタシって周りから見たらノアの言う通り過激でしょ？　だから、素直なんて人生で一度も言われたことなくて……ちょっと、ちょっとだけ、照れちゃっただけよ」

　リリは顔を赤らめて、淑《しと》やかにモジモジしている。瞳はわずかに潤んでおり、ノアに対して上目遣い。

脚を閉じて内腿《うちもも》と内腿を擦り合わせて、落ち着きなく指先でツインテールの先端をいじり始めた。

「話を戻すけど、どうして魔力場って存在するの？　どうしてそこで波が発生するの？　っていう疑問は、どうして時空が存在するの？　どうしてそこに物理現象が発生を許されているのっていう疑問に近い。解明されるにしても、遠い未来の話になるだろうね」

「なるほど！　なら、話を変えるけれど、質問したいことがあるわ！　宇宙人がいたら、彼らも魔術を使えるの？」

せっかくノアが話を戻したのに即座に変えられてしまった。

「面白い疑問だね。魔力場は宇宙全域に広がっているらしいから、確かに遥か何万光年も離れた星の人々でも魔術を使えることになる。もし魔術を使えない星があったとしたら、魔術に対して過激な思想を持った連中の暴走の結果みたいに、人為的な理由だろうね」

「そうよね！　魔力場がそんなに宇宙的なモノなら、宇宙人が魔術を使えてもおかしくないわよね！　なら逆に、魔術が根絶されたディストピアはどんな世界になるのかしら？」

「う〜ん……勝手な憶測だけど、電話とか拳銃みたいな魔力に依存しない道具が普及するんじゃないかな？　たとえば、俺たちが空飛ぶ乗り物をあまり欲《ほっ》しないのは、魔術を使えば個人で空を飛べるからだ。もしもその魔術が存在しないのなら、この星よりも他人との協力が大切で、道具に溢《あふ》れた社会になるだろうね」

「へぇ〜〜っ！　素敵な話！」

「まぁ、繰り返しになるけれど、俺の勝手な憶測だけどね」

「でも、アタシは素敵だと思った！　だからそれでいいのよ！」

リリはかなり明るい口調でそう言って、身体《からだ》を左右に揺らし始める。

そしてノアが座る左側に傾くたび、じゃれ合うように、彼の腕に自分の頭を軽くぶつけるのだった。

「ならよかった。じゃあ授業を続けるけど、この時点で他に質問はない？」

「はい、センセイ！　他にはないで〜す！」

質問には全部答えてくれる。わからないことはわからないとハッキリ言ってくれる。

それらはリリにとって、とても嬉《うれ》しいことだったのだろう。クスクスと、心底楽しそうに笑いながらおちゃらけてみせた。

「ここまでの話で魔力と呼ばれるモノが全世界に存在していることはわかったと思う。だから、次はどうしてこの魔力を利用すると魔術という現実の改変が発生するのかを説明するね。まず、この世界にはアカシックレコードと呼ばれるモノがあります。リリとしてはもう、この時点で質問があるんじゃない？」

「流石《さすが》ノア！　アタシのことをよくわかっているじゃない！　で、そのアカシックレコードってどこにあるの？」

「原子単位で全ての物質に存在しているよ。世界魔術学会は研究の末に光は物質と波動、その両方の特性を併せ持っていることを解き明かした。こういう物質は量子と名付けられたんだけど……この量子にはとある能力があるんだ。それは宇宙が誕生してからずっと、その物質が辿《たど》ってきた状態を記録する能力。そしてその状態の変位を記録する領域こそがアカシックレコードと呼ばれている」

「アカシックレコードは物質の履歴書ってことね！」

「ユニークな表現だけど的を射ているね。そして魔術はそこに干渉することで、科学的にはありえない現象を手繰り寄せている。だから語弊を招くかもしれないけど、カッコつけるなら魔術は全て、過去改変の技術と呼ぶことができる」

「また質問があるわ！　全ての原子にアカシックレコードがあることはわかったわ。でも、どうしてそこに詠唱という手段で介入することができるの？　詠唱は声で行うモノ、そして声は空気の振動。音は目に見えないモノだけれど、原子のサイズ感よりとても大きい現象だと思うのよ」

「実のところ、魔術は声によって発動しているわけじゃない。魔術師の脳が発する微弱な電波によって発動している。詠唱はあくまでも、決められた文言を口にすることで脳の働きを活発にする儀式に過ぎないんだ。だからこそ、簡単な魔術は詠唱を零砕《れいさい》しやすいし、難易度が高くなるにつれ、それが難しくなってくる」

「あっ！　ということはよ！　もしかして魔術って学術的には詠唱零砕するのが基本で、詠唱の方が応用ってこと？　それで、昔の人々は魔術についての知識がないから、社会的にはまず詠唱の方が普及したってことね！」

「正解、やっぱりリリは頭がいいんだね」

「えへへ～、頭がいいなんて、それも生まれて初めて言われたわ！　嬉しい嬉しい！　ねぇねぇ！　アタシアタシ！　今！　生まれてから一番勉強を頑張れそうな気分になっているの！　ノ～ア～～、お願い！　夕食のあとも！　なんならお風呂《ふろ》のあとも勉強しましょう！」

そして――それは初めてのことだった。

不可抗力なんかではない。リリが自らの意思で積極的に、そして物理的に絡《から》んでくる。

ただでさえ近くに座っていたのに、距離をぐっと詰めたあと、リリは両手でノアの右腕を摑《つか》み揺らしてくる。

上目遣いで見上げてきており、リリの薄桃色の唇がノアのそれと、互いの吐息がかかる距離にまで接近していた。

桃のように甘くていい匂いがする。

リリは胸の谷間が見えていることにも気付いていないか、気にしていないし、ノアなら自分のお願いを聞いてくれると信じて、あとは潤んだ瞳で静かにノアのことを見つめ続けた。

目的がある。ゆえに冷静であることを意識してきたノアだが……リリが初めての攻略相手なのだ。ノアもノアで胸が高鳴り、顔が熱くなる。そして今すぐにでも、リリの白くて細くて綺麗《きれい》な首筋に牙を立てたい衝動に駆られてしまう。

「リリは今、人生で一番勉強を頑張れそうになっているんだよね？」

「えぇ！　自分でも不思議なぐらいよ！　アタシ、ノアと一緒だったら何時間でも頑張れそう！」

「わかったよ。でもその代わり、明日は夕食の前も後も実技にするけど、大丈夫？」

「平気よ！　もともとは実技の方が好きなんだもの！」

「じゃあ決まりだね」

「ありがと、ノア！　すごく嬉しい！　ノアと出会えて本当によかった！」

◇◆◇◆

そして夕食後はもちろん、お風呂上がりにもノアはリリの自室に招かれて、一緒に勉強をすることになった。

許しを得ていたのでノアがパジャマ姿でリリの自室に向かうと、彼女もまた髪を下ろしたパジャマ姿で、満面の笑みを浮かべながら心底嬉しそうに迎えてくれた。

「ノア！　ほらほら！　隣に座って！　早速始めましょう！」

「そうだね。ちなみに、お風呂でなにか質問とか、思い付いた？」

「アタシのことよくわかっているじゃない！　察しのとおり、質問があるわ！　魔術の重ね掛けについてよ！　たとえば、ノアって【絶火、天焦がす緋華の如く《デストリュクシオン・イキャルレット》】を使えるわよね？　それで、それよりも同じ属性で強い魔術に【燦爛緋色殺戮世界：灼熱以って焦土広《モンド・デ・ラ・デストリュクシオン・パーヌ・グ》げる情愛の大剣《ラン・イキャルレット》】ってあったじゃない？　弱い魔術を重ね掛けしたらそれになるの？」

「リリの言うとおり、理論的にはそうなるね」

「なら重ね掛けのもとになる弱い魔術に強みってないの？　ただより強力な魔術を使うための階段に過ぎないの？」

「そんなことはないよ。実戦において、最強の魔術が常に最適な選択とは限らない。重ね掛けの強みは速度や硬度、温度、効果範囲などなど、魔術師が望む特定の機能をピンポイントで強化できる点にある」

「確かに！　たくさんの魔力を使って最上位魔術を使ったとしても、貫通力を特化させた下位の魔術に穴を作られて対処されたら、最上位魔術を使った方が魔力的に損をしているわね！　あっ、ノア！　また他の質問よ！　魔力って世界中の至るところに存在しているモノで、自分が捻出すべきモノじゃないのよね？　ならどうして魔力切れなんて現象が起きるのかしら？」

「昔の人々がそう呼んでいて、今でも大多数の人がそう呼んでいるから変更が利《き》かないんだよ。本当に限界を迎えているのは世界中に溢れている魔力ではなく、それに干渉しようとする魔術師の頭脳なんだ」

「あっ、聞いたことがあるわ！　昔の人々は生命から魔力が溢れると考えていた。大気中のそれは生命から零《こぼ》れ落ちたモノだと考えていた。って！　だから勘違いしちゃったのかもしれないわね」

「ちなみに世界魔術学会は最近、自分の扱える魔力が切れるのには間違いがないのだから、言葉はそのままで、その内容を変えようと頑張っているらしいよ」

「そ……それは涙ぐましい努力ね……。あっ！　そうそう！　お風呂で思い付いた質問がまだあるのよ！　ノアは詠唱のことを脳の働きを活発にする儀式って言ったじゃない？　その目的さえ果たせれば、詠唱って改変できるの？」

「うん、改変は可能だよ。ただし注意点がある」

「なにかしら？」

「それは魔術師の間で、この魔術の詠唱はこれだ！　って、集団的な認識ができあがっていること。たとえばリリは肉体強化の魔術を使えて、その詠唱を暗記しているよね？　その状態だと詠唱を零砕するより、思い付きの詠唱で発動する方が難しくない？」

「やってみるわ！」

「ケガだけはしないようにね」

ガタッ、と、リリは即座に席を立ち、ノアは否定せずに軽い注意だけですませておく。が――リリはそこで動くのをやめた。広々とした部屋の空いたスペースに移ることもなく、イスと机に挟まれたまま止まってしまった。

「どうかした？」

「いえ――そういえば、これも初めてだなぁ、って」

「これ？」

「ええ、授業中にこうやって立ち上がって、それでも座りなさいって怒られないの」

「興味があるなら、それが冷めないうちに試してみればいい。勉強は気になっていることを知るためにある。立ち上がって答えが手に入るのなら、少なくとも俺はリリのことを怒らないよ」

「〜〜〜っ！　うんっ！　なら、試してみるわね！」

ほんのり顔を赤らめて、リリは弾むような足取りで机から距離を取った。

続いてその場で半回転すると、ノアがキチンと見てくれるようにそちらを向く。

ノアもノアで、リリがせっかく自分の方に向き直ったのだ。イスを動かして、リリと真正面から向き合うように座り直す。

「なんだか照れくさいけど、じゃあ！　えっと、ん〜〜、Je veux devenir plus fort!《強くなりたい》 Je veux vivre librement!《自由に生きたい》 Je veux briser les chaînes, avancer et être fier de moi!《しがらみを振り払い、一歩ずつ前へ進み、心の底から自分を誇れる自分になりたい》　【英姿投影《ルゲニオンイデアル》】！」

「――――どんな感じ？」

「う〜〜〜ん、体感的な話だけれども、やっぱり詠唱を零砕した時よりもさらに効果が弱いわね！　でも、なんかいつもとは違う変な効果が付いているわ！」

「えっ？　珍しい。詠唱を改変するとたまにそういうことが起きるらしいんだよ。どんな効果が付いてきた？」

「いつもより気分がよくて心が安定している感じがするわ！　ノアと出会って少しずつ晴れてきた心の中のモヤモヤが、ついにほとんどなくなった感じよ！」

「精神の安定？　そうか……精神だって肉体の一部なんだから、強化の対象に含まれてもおかしくないのか。戦いばかりしていたから、勉強の内容が偏っているな……」

そこでリリはスキップするような足取りでノアの隣に戻ってイスに座った。

「この魔術、ちょっと解除するのが名残惜しいわね」

「だったらまたあのカッコイイ詠唱を叫んで発動させればいい」

「ちょ……っ、ちょっとノア！　思い出すと恥ずかしいんだからそういうこと言わないでよ！　空気を読んでオリジナル詠唱の内容はスルーしてくれると思ったのにぃ～っ！」

「ゴメンね？　でも、あの詠唱をリリらしくてカッコイイと思ったのは本心だよ」

「――――そう、ね。うん、信じるわ。親がお金持ちなのに、自分のチカラで外の世界を見てみたい。なんて、そんなこと言ったアタシのことを、ノアは笑わずに、最初から応援してくれたものね」

「当然だよ。生きているなら誰にだって心がある。みんな完全に合理的な人生を送っているわけじゃないし、そんな人生はつまらないと思う。あの日、あの夜、結果的に誘拐されてしまっただけで、周りになんて言われようと自分を貫いたリリは心が強くてカッコよか

「ふふっ、バカね。心だけじゃダメだから、今、こうして勉強しているのに」

ふと、ノアとリリの目と目が合う。

リリは淑《しと》やかに微笑《ほほえ》み、トロンとした空のように蒼《あお》い瞳でノアのことを見つめ続ける。

一方でノアも、冷静であることに努めているものの――流石にもう認めざるを得ない。

今自分の目の前にいるパジャマ姿の女の子がとても可愛《かわい》らしくて、緊張して、顔が熱くなっている、と。

（でも――ゴメン、リリ。ウソを言ったつもりはない。キミの生き方を表したような詠唱をカッコイイと思ったのも事実だし、応援したいという気持ちもいつの間にか本心になっていた。周りになんて言われようと自分を貫く姿は眩《まぶ》しいとさえ感じたよ。それでも、俺は妹のためにキミの血を奪ったあと、別れも告げずに旅に出る）

完全にいい雰囲気。

シナリオの山場を目前に稼いだ信頼に申し分はない。

あとはもう依頼を口実に屋敷《やしき》を出て、その日のうちにリリから血を奪うだけである。

ノアはここまできてイレギュラーが起こらないことを強く祈った。

九章　ハッピーエンドは目前！　のはずです。

「正直、あなたは投げ出すと思っていたわ」

「アタシが自分でやると決めたことよ」

「傍《はた》から見て、その意思を貫けるとは思っていなかったって言っているのよ」

約束の日の朝、街を出て早々――、
今まで黙っていたクロエが早速、リリに対して毒づいた。

肉体強化の魔術込みでも目的地までは遠い。もしここからずっと口喧嘩《くちげんか》が続いたら、ノアとしても考えものだった。

「ねぇ、ノアだってそう思うでしょう？」

そう言いながら、クロエは意図的にノアに近付いた。

さらにはリリに見せ付けるようにノアと腕を組んで、彼に胸を押し付ける。

「クロエ、なにしているの⁉」

「スキンシップよ」

「ちょっとアナタ！　わざわざ今このタイミングでする必要がある⁉」

「私はあると考えたわ。他人にどう思われようと、自分がやりたいことをやる。それをお嬢さんにとやかく言う資格があるのかしら？」

「ぐぬ……っ」

ここに関して言えばクロエの言うとおりだった。

しかし、ではそれで押し黙るリリかと言えば、それは違う。

リリは対抗するように、クロエが引っ付いていない方のノアの腕に抱き着いた。

「リリまで⁉」

「そうよ、アタシまでよ！」

クロエがノアにくっ付いていることが、よほど我慢できなかったのだろう。

自分の胸が当たっていようが関係ない。むしろ自分の存在を主張するように、リリは自身の豊満な胸を意図的に強くノアに押し付けた。

ここまで計算ずくでやってきたノアであっても、これには流石《さすが》に顔が熱くなる。エルフの民族衣装のせいもあり、リリの体温と、胸のやわらかさが、ノアの腕に伝わってくる。

「ていうか！　ノアはアタシのナイトでしょう⁉　他の女よりもまずはアタシのことを気にかけなさい！」

「ゴメンね、リリ。そう言われれば確かにそうだ」

「うんうん！　優しいご主人様が特別にナイトのことを許してあげるわ！」

自身の主張が通り、リリは満面の笑みを浮かべてさらにノアに擦り寄った。

「でもあなた、今はノアの主人ではなく、仕事仲間として依頼をこなしに行くのよね？　それなのに今、主従の関係を引き合いに出すの？」

「ノアの腕に抱き着くことは冒険と関係のないスキンシップなんでしょう？　なら、このことについて主従の関係を引き合いに出してなにが悪いのよ」

「…………ちっ」

「アナタが過去にノアとどんな冒険をしたのかは知らないわ。でも、今、現在進行形でノアはアタシのナイトなのよ」

「今を大切にするのは立派ね。でも、信頼関係は一緒に過ごした時間の長さによって育まれるものなのよ？」

「むっ」

リリが左腕に、クロエが右腕に、胸さえ押し付けるような形で密着しているこの状況。

両手に花と言えるようなシチュエーションかもしれないが、二人は今、ノア越しに睨《にら》み合っている。

（おかしい！　ここまでバチバチに言い合うような計画ではなかったはずなのに！）

計画の一部として攻略の進展のため、リリの好感度を落としても問題ないヘイト役の登場は既定路線だった。

が、ノアはリリの未熟さを自分の代わりにクロエに指摘してほしかっただけだ。自分をリリと奪い合えなんて計画したつもりはない。

「あっ、そうだ！　目的地までまだ距離があるし、一応依頼の確認をしておこうか！　みんなすでに把握しているはずだけど、最終確認ということで！　どう思う、ルナ？」

「そっ……そう、ですね！　お兄……ちゃん！」

今、ノアはルナの本体が入っているトランクをクロエがいる方の手で持って移動している。

そのため、ルナは自分の存在を魔術で演出できる限界を気にせずに会話できた。

「今日の依頼は魔物の駆除。どうやら魔物ながら、食べ物を輸送している馬車がどういう馬車か学習した個体がいて、三回ほど害を被っている。そして死者もすでに一人。魔術師が四人もいれば確実にクリアできる依頼だけど……今言ったとおり亡《な》くなったエルフもいるので、特にリリは油断しないように」

「わかったわ。でも、改めて思うけれど……すでに被害に遭った方がいる魔物を駆除する依頼が、初心者向けの難易度になっているのね」

「パーティーを組むことが条件だけどね」

「ちなみにランクが上がるとどんな依頼があるのかしら？」

「全長三〇メートルを超えるドラゴンの討伐」

「五〇〇〇メートルを超える山や一〇〇〇〇メートルを超える深海に行ってデータを採取してくることもあるわね」

「魔……術、師……で……はな、く、科……学……者、か、ら、ミク……ロ、な、実……験……に、付き、合って、ほし、い……と、言わ……れる、こと……も、あり、ますね」

「ええ……、ちなみに、みんな経験済み？」

「まぁ」「当然」「はぃ……」

「いや凄《すご》すぎでしょ⁉」

「とはいえ、世界には俺たちよりもさらに強い魔術師がまだまだいる。勇者は例外にしても、それこそ俺の父親は俺よりも強かったよ」

「確か……学者だったのよね？」

ふと、リリはノアと初めて会った時のことを思い出す。

あの時、リリはノアの知識量に驚いて、そして返ってきた答えがそれだった。

「そうだ。今、俺を支えてくれる知識は全て父親から授かったモノだ。それに教授なんて呼ばれていたのに、実戦ものすごく強かった。昔よりも強くなった今の俺が、一〇〇〇人どころか一万人いたって勝負として成立しないぐらいだ」

不謹慎ゆえに訊《き》かなかったが、リリは思う。

そのような魔術師が本当に戦争で死んだのか、と。

「――最期《さいご》は村のみんなを逃がすために戦場に残り続けて戦死したけどね」

ノアはすでに、リリの気質を把握している。

彼女の頭の中に浮かんでいるはずの疑問を察して、ウソか本当かわからない補足を口にした。

「さて！　昔話は終わりにして、これからのことを話そう。目的地に着き次第、幻影魔術が得意なルナがそれを使って馬車の存在を偽装する。それで魔物がおびき出されてくれればそれでよし」

「頑……張り……ます……っ！」

「出てきてくれなかったら、適当な小鳥を捕まえて、俺が隷属《テイム》と視覚共有の魔術を使い空から探す」

「ノア……、隷属《テイム》の魔術なんて使えたのね……」

「リリ、なんでちょっと嫌そうな目で俺を見る？」

「……エルフにも使えるの？」

「……発動条件さえ満たせば」

ウソを吐《つ》いたとしても、いずれバレた時に好感度を落とすことになる。

その時、自分たちがアンジュフォール領にいるか否《いな》かはわからないが……もしもいた時のために、ノアは素直にそう言った。

「発動条件って？」

「まず、一番有名なのは隷属《テイム》したい相手の命を奪うこと。ただし、これは法律で禁止されている」

「そりゃそうよね。他には？」

「隷属《テイム》しておきたい時間に応じて、血とか唾液とかを対象にかけること。だから小さい動物ほど隷属《テイム》しやすいし、逆に自分と同じぐらいの動物を隷属《テイム》したかったら、長期的に自分で採血しておく必要がある」

「事実上、エルフに使うのは不可能に近いってことね」

「そういうこと。だからちょっと距離を置くのはやめてほしい。リリにそういうことされると、流石に少し心が傷付く」

「あっ、ご、ゴメンなさい……」

謝ると、リリは慌てて先ほどよりもノアに近付いた。

ノアに心が傷付くと言われ、リリの方も心が傷付きそうになったのだ。素直に落ち込んでしまい、口数が減ってしまう。

「目的地までまだあるし、ちょっとだけ勉強タイムでも挟もうか？」

「走りながらだとメモは難しいわよ？」

「だから本当に雑学レベルのモノになるけど、どう？」

「アタシは別に構わないわよ。でもルナちゃんと……」

「私もかまわないわ」

「はぅ……わた、し、も……です」

「ならアタシ！　ノアの話が聞きたいわ！」

これまでに良好な関係を築いた成果だろう。

リリは自分が喋《しゃべ》ることよりも、ノアの話を聞く方を優先している。話の内容などもはやあまり関係なく、ノアがしてくれる話だから聞きたいという印象が強い。

「一般的に魔物と言うと原始的な魔術を使えるようになった害獣という認識が強いけど、厳密な定義は聞いたことある？」

「そういえばないわね。でも、そういう質問をするってことは、より厳密な定義があるのよね？」

「うん、より正確に言うと、最低でも三世代にわたり同一の魔術を継承している動物、及び魔術を使用した結果が遺伝の対象になっている動物のことだね。だから魔術を使える動物がいたとしても、それが偶然現れた個体で一世代限りの魔術だと、実は魔物ということにはならない」

「魔術の痕跡が後世に残ることが大切なのね！」

「そういうこと。それこそドラゴンなんかは良い例だね。本来、脊椎動物は進化の過程で翼を得るためには腕を犠牲にしなければならない。だけどドラゴンの祖先は魔術で強引に自分たちの身体《からだ》に腕を生やしたと言われている」

「あっ、質問よ！　どうして腕を生やしたと言われているの？　その学説だと、トカゲが翼を生やしたというより、鳥が腕を生やした感じよね？　でも進化の順序を考えると、腕を捨てて翼を得た鳥が、もう一度腕を得たことになるわ。どうしてそれがわかるの？」

「その質問がすぐに出てくるのはすごいね」

「えへへ～、褒めてもアタシの笑顔しか出てこないわよ！」

ノアに褒められて心底嬉《うれ》しかったのだろう。

リリは頬を赤らめて、エルフ特有の長い耳の先端をイヌの尻尾のようにピクピク揺らした。

「質問に答える前に言っておくことがあるけど、あくまで俺が言った説は多数派の説というだけだ。研究者の中にはリリが言った説の方を唱えている人もいる。まず、それは忘れないでほしい」

「うんうんうん！　そうよねそうよね！」

「それを踏まえて質問に答えるけど、ドラゴンを始めとして空を飛べる動物には翼の他にも肥大した大胸筋と、それをつけるための竜骨突起が存在しているんだ。それがつまりどういうことかと言うと、その二つがないと翼があっても飛べないということ」

「なるほど！　だから陸上生物が翼を生やしたと考えるより、最初からその二つを持っている鳥が腕を生やしたと考える方が自然なのね！」

「ちなみに他に質問は――」

「あるわ！　アタシ、ドラゴンって本でしか見たことないけれど、それこそノアが言うように三〇メートルを超えるヤツもいるのよね？　いくら大胸筋が発達していると言ってもそれだけで本当に飛べるのかしら？」

「そういうドラゴンの翼は片方だけで一〇〇メートルを超えるんだよ。しかも進化の過程で腕だけじゃなく、もう一対の翼を生やした種族もいる。速度に関しても、ドラゴンの中には魔術を使って時速五〇〇キロメートルを超える速さで飛ぶ種族が存在している。どんな巨体だろうと、ドラゴンは基本的にどの種族もちゃんと飛べるよ」

「へぇ～～っ！」

隣でリリが目をキラキラと輝かせながら聞いていたが、ふと、ノアは考える。

時速五〇〇キロメートルなんて、音速の半分にも及ばない速度だ。そして冒険者の中には拳や蹴りを音速より速く放つことにより、空中で何度も方向転換する化物もいる。そう考えると、ドラゴンなんかよりそういう冒険者の方が生物学的に異常なのかもしれない。

「ところで……話を聞いて思ったのだけれども、冒険者って特定の品を用意しろ！　みたいな依頼って少ないのかしら？　アタシが読んだ小説だと、森の奥にある珍しい花を集めろ！　って依頼があったんだけど……」

「そういう依頼がないわけじゃない。けど……たとえば、さ？　あそこに真《ま》っ直《す》ぐ伸びていて、白い花を付けている植物があるよね？」

「綺麗《きれい》ね！」

「バイケイソウと言って人もエルフも簡単に殺せる毒を含んだ植物だよ」

「えっ!?　そんなのわからないわよ！」

「そう、ちゃんと勉強しないと見分けなんて付かない。だからこそ、特定の植物や鉱物を取ってこいなんて依頼は滅多にないんだ。というより、そういう知識に長《た》けた学者を目的地まで護衛する依頼の方がメジャーだね」

「そう言われると、確かにそっちの方が合理的ね」

と、話が一段落した、その時だった。

「ノア、おおよそだけど、目的の地点に着いたわよ」

「お兄……ちゃ、ん……、作……戦、始、める？」

そう言われて、ノアは改めて辺りを見回す。

道は存在しているものの、土が剝《む》き出しで舗装なんてされていない。右にも左にも森が広がり、昼間だというのに奥の方は暗くて街道からではよく見通せない。その上、ただ見えないだけならまだしも、一歩道を外れればそこには雑草も生い茂っている。木々に日光を遮られているため背の高い雑草ではないが、四足歩行の魔物が身を隠すには充分だ。安全の確保にもコストがかかるため放置されているのだろうが、魔物からしたら最高の狩場と言えるだろう。

「魔物による襲撃は三回、そのどれもがここから約一キロメートル先で起きているわ。相手が魔物だろうと、どこかの地点でこちらの観察が始まる。そう仮定すると、そろそろルナちゃんに幻影魔術を使ってもらった方がいいんじゃない？」

「そうだな。あと、ここから先はリリ以外、肉体強化の魔術の出力を少し落とそう。動物にも魔力感覚はあるし、可能な限りこっちを弱く見せておきたい」

「わかったわ」「う、うんっ！」「異議なしよ」

◇◆◇◆

そして一〇分ほど経《た》った頃――、

「あっ……少し雨が降ってきたわ。山の天気って、本当に変わりやすいのね」

ふと、リリは空を見上げてそう呟《つぶや》いた。先ほどまで晴れていたのに、今、空には一面の灰色が広がっている。幸いにもまだ午前中ではあるが、依頼に時間がかかればかかるほど辺りが暗くなっていくのは好ましくない。ノアたちは慣れているが、人気《ひとけ》がない仄暗《ほのぐら》い山なんて、普通は不安になるところである。

「リリ、大丈夫？　怖くない？」

「ホントのホントに、今はまだ大丈夫よ。戦いどころか、まだ魔物を見付けてもいないんだもの。でも……」

「でも？」

「……忘れていたわけじゃなく、再認識したってお話なんだけど、ね？　これってすでに死者を出した魔物を討伐しにいく依頼でしょ？」

自分自身に説教をするように、リリはゆっくりとしているが強い口調で言葉を続けた。

「アタシよりも圧倒的に強い人たちに言うのもおかしいかもしれないけど……アタシがバカなことをしても、アタシが死んで、はい、おしまい！　ってことには、もうならない。アタシが無理をしたら、みんなに迷惑がかかるのよね」

自分以外はベテランばかり。パーティーを組んだものの、他の者と自分が対等なんて、口が裂けても言えるわけがない。

だがそれでも、それでも、だ。

父親も心配だからこそ、自分を家に閉じ込めていたことは理解している。だがリリにとって、誰かと協力してなにか一つの物事に挑むというのは本当に久しぶりのことだった。

幼い頃に兄と姉、そして友達と簡単なことをしたことがあるぐらい。本当は自分にとって必要なことなのに、一切してこなかったことだった。

「そうだね、戦力を考えたら依頼に失敗するってことはまずありえないと思う。ただ、リリもわかっていると思うけど、それは俺たちがランクを上げている冒険者だからだ。普通ど、ケガは免《まぬが》れないだろうね」

「そういうところも含めて、私はお嬢さんに同情するって言ったのよ。親が結婚相手か仕事先を見繕ってきたとしても、その先では絶対に協調性が必要になる。なのにそれを養う機会をひたすらに奪われ続ける点については可哀想《かわいそう》だと思うわ。もっともお嬢さんの場合、最終的には爵位をひけらかす手段があるけれどね」

「一言余計よ」

「ただの事実よ」

「それはともかく！　リリ、話の流れ的に充分理解していると思うけど、戦いに突入しようがしまいが、疲れたら無理せずに言ってね？」

「ええ、もちろんよ。アタシも最終的にそれを伝えたかったんだし」

また空気が悪くなりそうな気配を察知して、ノアはやや強引に二人のやり取りに割って入った。そしてリリは自然にクロエよりもノアの言葉に意識を向ける。

「それと最後にもう一つだけ確認することがある。戦いになってリリが思うように動けなかった場合、リリのことは俺が全部なんとかする。その間、ルナとクロエは各自魔物を倒し、逃げたヤツがいないか探索して、こちらを気にしないで依頼を継続してほしい」

「はぃ……」「わかっているわ」

もっともらしいことを言っているが、ノアの経験だと十中八九、リリのような初心者は足が竦《すく》む。まともに動けなくなる。つまりそれを前提にすると、ノアの指示は自分とリリが二人きりになるための方便だった。

これであとは自分の実力を考慮すると、余裕で討伐できる魔物が出てくれれば完璧。と、ノアがそう考えたその時だった。

「お兄ちゃん、敵です！」

「了解」「えっ⁉　そんな急に⁉」「急なのが当然よ」

クロエの言うとおり襲撃なんて急に訪れるのが基本なのだが……どれだけ決意をしていようと、リリには致命的に経験が足りていない。地面が変形し、土の波が左右から自分のことを飲み込もうとしても、リリの身体は動かなかった。

だが悪い言い方になるが、リリの初動が遅れることなんて、やはりノアとしては想定内だ。すかさずリリのことをお姫様抱っこして、肉体をさらに強化して跳躍した。

「リリ、ゴメン、また抱っこしてしまった」

「いやいや、謝るのはアタシの方よ！　っていうかもう！　必要と判断したならいくらでもアタシに触れていいから！」

ノアはリリを地面に下ろしながら、同時に周囲に気を配る。

最初の一撃を躱《かわ》したことで、魔物たちは慎重になっている。程度の差こそあれ、動物である以上、知能が存在しているのは自明。茂みを進み草が揺れる音は徐々にノアとリリを包囲するように広がっていった。

「リリ、覚悟したつもりでも動けなかった?」

「……そうね」

「動けなかったのは、なにをすればいいかわからなくなったから?」

「……そうよ、頭の中が真っ白になったわ」

「知識として状態を知るだけじゃなく、身を以《も》って感覚を味わったなら、それこそリリが望んでいた成長だよ」

「そこまでポジティブに肯定してくれるのはノアだけよ」

「リリの騎士は俺だけだからね」

「～～～っ、バカ! ノアは余裕なのかもしれないけど、一応魔物に囲まれている状況なのよ!? 耳が熱くなるようなこと言わないで!」

そう言われて、ノアはリリのことをチラ見した。

耳だけではなく、リリは頬まで赤らめている。が、ノアにバカとは言ったものの、耳の先端がピクピク揺れていて、満更ではなさそうだ。

とはいえ、いつまでもリリのことを見ていられるような状況ではない。

現に今、ノアが少しリリを見るために顔を動かした瞬間を狙い澄まして、魔物たちは茂みから一斉に飛び出した。

「詠唱零砕《れいさい》――【流水魔弾《ラバル・デ・ヴァーグ》】、十重奏《デクテット》」

対して、ノアは飛び出した魔物の数だけ水の魔術を使う。大きさは魔物の全身を丁度包み込む程度。かなり初歩的な魔術ではあるが、制御次第で魔物を窒息死させることなど造作もない。殺し方としては残虐だが、血が流れない分、リリは衝撃を受けないはずという判断ゆえの選択だった。

「狼《おおかみ》から枝分かれした魔物、土葬黒狼《アンテルモンシランシュ》だね。継承魔術は典型的な地面の操作。掘り起こした土みたいに黒い毛並みが特徴で、肉を食べる時は生き埋めにした相手の食べる部位だけをちょっとずつ地中から出していく習性を持っている」

「悪趣味ね……」

「気持ちはわかる。でも、それは俺たちが生き物として恵まれているから出てくる感想だよ」

「そう言われると……そうね。反論できないわ」

人やエルフと比較すれば、野生動物は基本的に餓死寸前の状態で生きているのだ。食事の上品下品なんて概念があるわけもない。

そして数十秒後、自分たちを襲ってきた土葬黒狼《アンテルモンシランシュ》を窒息で全滅させたノアは魔術を解除する。

「リリ、少し目を瞑《つぶ》ってくれる？　討伐の物的証拠として、尻尾を千切る必要がある」

「わかったわ……」

指示したとおりにリリが目を瞑ったことを確認すると、ノアは魔術で手早く土葬黒狼《アンテルモンシランシュ》の尻尾を切り取った。

続いて、やはり魔術で地面を操作して穴を作る。火が森に移らないようにしてから、その中に落とした土葬黒狼《アンテルモンシランシュ》の死骸を焔《ほのお》で焼いた。身体《からだ》を残したまま地中に埋めると、それを漁《あさ》りにまた別の害獣がやってくる可能性が高い。

「もういいよ」

「ん――あれ？　遺体は？」

「他の動物に漁られないように、燃やしてから埋めたよ」

「――――そう、よね。冒険者として魔物を討伐するって、そういうことよね」

小雨《こさめ》がパラパラと降る中、リリは噛《か》み締めるようにそう言った。だがその言葉はノアに対する返事というより、自分自身の記憶に刻み付けるような言い方である。

「そ、そういえば！　ルナちゃんとクロエはちゃんと無事かしら？　やられているとは思わないけれど……」

「土葬黒狼《アンテルモンシランシュ》、ひいては馬車を襲った魔物が今倒したヤツらだけとは限らない。さっき指示したとおり、近くにいた土葬黒狼《アンテルモンシランシュ》を倒したあと、周囲を見に行ったんだろう」

「……この薄暗い森の中を？」

「そう、魔物に限らず、どこから肉食動物が襲ってきてもおかしくなくて、迷子になったら二度と出られなそうな森の中を」

思わず、リリは生唾を呑《の》む。そして自覚する。自分は浅はかだった、と。

今なお、リリの中には未知の世界に対する憧れがある。決してそれは消えていないし、恐怖が相対的に大きくなったわけでもない。未《いま》だに憧れは恐怖よりも大きくリリの中で燃えている。

だけど——死ぬ。自分は自分の想像以上に簡単に死ぬ。

そして恐らく、文明が築かれている街の中でも、きっと自分は自分の想像以上になにもできない。

「俺と一緒なら絶対に大丈夫。そう断言できるけど、森の中に入ってみる？」

ノアに訊《き》かれてリリの心が揺らぐ。

安全であるなら行ってみたい！　そこになにがあるのかを知りたい！　そういう想《おも》いはリリがリリである所以《ゆえん》だ。本人としては変わりたいと願っているのだろうが、それでもどうしても安易に変えられない部分は存在する。

だが、リリは同時にこうも思った。

今、ノアが隣にいてくれるのはただの偶然だ、と。それにノアにしたって、大丈夫と断言できるだけで、余計な手間をかけさせているのには変わりない、と。

（………違うわね）

リリはより根本的なことに気付く。

そもそもノアと出会ったその瞬間から、リリは余計な手間を押し付けていた。真実としては全てルナを救いたいノアの自作自演だが……それはリリの知らぬこと。

あくまでリリの視点で語るなら――、

（特に目的地がない旅だって聞いていたけれど……それでもアタシが二人をアンジュフォール領に足止めしているのは事実。こうして外の世界に触れる機会に恵まれたけど、それもノアの善意に甘えた結果。アタシはアタシの想像以上になにもできないし、憧れの世界と現実の世界がどれだけ違うのかも、ちゃんとわかっていなかった）

意識を外ではなく内に向けると、そこには少しばかりの不快感がある。

ノアはなにも悪くない。間違ったことなど、なにもしていない。理屈としてはわかっているし、それで行動を制御できることもある。が、存在だけは否定できないモノが感情なのだ。

（アタシって、本当に子どもだったのね。一度はやってみたいと言い続けた魔物の討伐に参加して、そして討伐された魔物の亡骸《なきがら》を見て……正直、ちょっと気持ち悪い）

思えば、生まれて初めてかもしれなかった。

リリは生まれて初めて自身の衝動に冷や水を浴びせられている。そして落ち着いた頭で選んだのは明確に、今までのリリとは違う言葉だった。

「ゴメンなさい、ノア。正直に言うけれど、ね？　アタシは今、犯罪組織に誘拐されそうになった時より、自分に呆《あき》れている。今までの人生で一番、自分で自分に失望しているのよ」

「……まだルナとクロエは戻ってきていない。リリさえかまわなければ、俺はリリがなにに苦しんでいるのかを知りたいよ」

実のところ、それはノアの仕込みなのだが……そのことを知らないリリは二人が帰ってくる前に、と、ノアに気持ちを吐き出し始めた。

「アタシは本当にバカだった。どこまでも子どもで、クロエの言い方でさえ、今なら優しい指摘だったんだなって思えるわ」

「そんなことないよ」

「そんなことあるわ。アタシは今、仮にも冒険者として、一度はやってみたかった魔物の討伐に参加している。そしてそれが実害を出す魔物とはいえ、生き物の命を奪う仕事だって、頭ではわかっていた。わかっていた……つもりだったのよ」

ノアが意図的に魔物を窒息死させた理由ぐらい、リリは察している。

血が流れない倒し方でさえ、リリの不快感を誘った。悲鳴さえ聞こえない倒し方だったというのに、それでもなお、リリの目にはその光景が焼き付いている。ならば、手早く頭を【魔弾《ラ・マジーバル》】で撃ち抜いたら？　雷の魔術で黒焦げにしたら？　恐らくは不快感を越えて吐き気さえ覚えていただろう。

「アタシ……ノアと初めて会った夜、結局誰の遺体も見なかったのよ。相手はアタシを奴隷にしようとした犯罪者。なのに勝敗を確認する時、目を覆うなんて大袈裟《おおげさ》だなってさえ思っていたわ」

「今は違う？」

「ええ、たぶんアタシでもトラウマになっていたわ」

徐々に雨脚が強くなる中、リリは俯《うつむ》き気味にそう呟《つぶや》いた。

「なにを言っても本当の意味ではわからない貴族の娘が、実際に望んだことをやって、そこで初めて現実を知った。いえ、そもそも望んだ依頼に立ち会っただけで、討伐は全部、ノアに任せたわね。クロエの言うとおりよ。結局、アイツが正しかった。たぶんアタシは魔物が拘束されていたとしても……手が震えて、トドメがさせない」

「リリ、聞いてほしい。まず、魔物だったとしても、命を奪う時に手が震えるのはなにもおかしなことじゃない。そこに関して言えば、俺とルナとクロエの方が慣れてしまっただけだ。それに何度も言うようだけど、リリにはそういうことに気付く機会さえ与えられていなかった」

そう言うとノアはリリに近付いて、コートを脱ぎ、彼女に被《かぶ》せる。

降り続く水滴はもはや小雨とは言えない。このままいつもの民族衣装でいると風邪をひいてしまってもおかしくはなかった。

「エルフに言うのもおかしな話だけれど、焦《あせ》る必要はない。公爵様も親心で厳しく管理されていたはずだけど、リリはまだ、鳥籠から出たばかりなんだ。取っ掛かりがなければ言ってわかるなんてことはありえない」

「…………」

「それに気付けただけでも、冒険には意味があったんじゃないかな？」

リリを攻略するために、ノアは言葉を選んでいる。

だが表現に気を遣っているからといってウソというわけではない。ここまで口にしたことはノアの本心だし、逆に彼にも考えを改める部分はあった。

（そう、だよな。俺も最初は公爵と一緒で、屋敷《やしき》に引きこもっている方がリリのためだと思っていた。その選択の全てを間違いだとは言わないけれど……でもそれだと、リリは自分の無知な部分を知ることはなかった。空想と自分が住んでいる貴族の屋敷に、現実味を帯びさせることはなかった。独善的な感想だけど、それができないまま屋敷の中で愚痴を零《こぼ》し続ける人生なんて……少なくとも俺はイヤだな）

そう考えて初めて、ノアはリリのことを本当の意味で理解できた。

シンプルな結論だ。リリは外出を禁じられたことによって、屋敷の外の様子を知識でしかわかっていなかった。それと同様に、貴族の娘というものがどれほど恵まれた生まれなのかについても、知識でしかわかっていなかったのだ。

ずっと単調な世界で生きてきた。グラデーションが存在しない世界で暮らしてきた。

だから傍《はた》から見れば気軽に貴族であることを手放そうとするし、口では自分は恵まれていると言いつつも想像を超える暴走をする。

抽象的な表現をするなら、リリは今まで、現実を生きていなかった。

「今まで闘技場とか果樹園とかに行ったけれど……思えばあれらも、ただの観光だったわね」

「でもその観光をしたから今日はここにこられたんだよ。いきなりこれは無理でしょ？」

「ええ、そうね。地に足を付けると同時に、そのまま崩れ落ちちゃうわ」

重くなった雰囲気を少しでも軽くするようにノアが言う。

それに対してリリも、冗談交じりにそう答えた。

「ねぇ、ノア、甘えたことを言ってもいいかしら？」

「なに？」

「あまり気分はよくないけれど、それでも歩いて帰りたい。意味なんてなにもないかもしれないけれど、魔術を使わずに、自分の足で土を踏んで帰りたい。でも、アタシは一人で屋敷に帰ることもできないから――お願い」

「もちろん。もともと俺はそのために、リリの護衛を買って出たんだ」

◇　◆　◇　◆

「それで？　その子のモラトリアムに付き合うから私とルナちゃんは先に帰れって？」

「そういうことになる」

数時間後、ルナとクロエと合流したのち、軽く事情を説明して、そして返ってきた言葉がそれだった。

クロエはあからさまに不愉快そうな表情をしている。そしてルナも言葉を発していないがほんのり兄の判断に不服そうだった。

「ねぇ、ノア、私も一つワガママを言っていいかしら？」

「――――ワガママ？　クロエが？」

心底驚き、ノアの反応は一拍遅れた。

本来、クロエがワガママを言うなんてありえないことだったから。

「ダメかしら？」

「い、イヤ、ダメじゃない。少し驚いただけだよ」

リリに少しでも疑問を持たれたくない。

そう考えて、ノアは取り繕うようにそう言った。

「なら質問に答えてほしいのだけれど――ノアって、その子と出会ってから随分と経《た》つじゃない？」

「そうだな」

「最初に護衛を申し出た理由はお嬢さんが心配だからって、そんなことを前に言っていたわね。でも、この瞬間、改めて自分が彼女の隣にいる理由を考えた時、なにか変わったところはあるかしら」

「──必要な質問か？」

「──いえ、ただの意地悪よ」

意味不明な質問だが、ノアは答えることにする。

ワガママに対して、ダメじゃない──と、そう言ってしまったし、ここでリリの良いところを言葉にしておけば、このあとの帰り道でも会話には困らない。そういう打算的な考えもあった。

「もしかしたら、明日のリリは今日より大人しくなるのかもしれない。屋敷を出ることに躊躇《ため》いを覚えるようなことになるのかもしれない」

「そんなことにはならないわよ」

「可能性を提示したのは自分だけど、俺もそう思う。確かに最初に護衛を申し出た時、俺は心配だからって理由を口にした。その理由が完璧に消え去ったわけじゃない。でも今はそれの他に、リリのこれからを見てみたいって気持ちもある」

わざわざ質問されて、ノアも自分の気持ちを理解した。

この旅は植物状態の妹を救う旅。

リリは吸血鬼の妹を救うための吸血相手。

自分は女の子の心を弄んで、一番美味《おい》しい刹那の血を奪うただの悪人。

そのようにどれほど自分に言い聞かせたとしても、出会ったその日から毎日一緒にいるのだ。自分がこれからすべきことを考えるとあまりにも自己中心的すぎる話だが――リリに惹《ひ》かれる部分が見えてきてもおかしくはない。

「外に出たいとか、堪《こら》え性《しょう》がないとか、そういうのは枝葉にすぎない。これはあくまでも個人的な見解だけど、リリの一番根底にあるのは自立心だと俺は思った。そして俺はどんな恵まれた環境にいてもそれを忘れないリリのことを……好ましいと思っているよ」

「そう、振られちゃったわね」

「そういうのじゃないが?」

「そういうのに聞こえないわけがないでしょう?」

クロエは肩をすくめると踵《きびす》を返す。

続いて魔術を使いノアから土葬黒狼《アンテルモンシランシュ》の尻尾を入れた袋を奪った。

「これは先に戻る私たちが提出しておくわ。依頼主だって、討伐完了の報告は早く聞きたいでしょうしね。行くわよ、ルナちゃん」

「――はぃ」

一方で、ルナも魔術で自分の肉体が収められているトランクを浮かばせた。続けて、それを箒《ほうき》に見立てているように座った姿を演出する。

そしてその姿はノアから必要な物を奪い、遠ざかっていった。

「……真面目な話、どうしたんだろうな？」

「それ、本気で言っているの？」

「かなり本気で言っている。少しだけクロエについて言っておくけど、クロエが恋愛的な意味で俺を好きになることはありえない」

「むっ、ノアとあの女の過去になにがあったのかは知らないわ。でもあの様子、明らかに身を引いた感じじゃない」

「断言するけどそれはない。絶対にない。信じてほしい」

「ん～、そこまで強く言うなら信じるけど、釈然としないわね」

リリの瞳に映ったクロエの姿はまるで、無理矢理自分の恋を諦めようとしている感じだった。

別にノアはリリのことを異性として好きとまで言ったわけではない。だというのに、魅力をたった一つ言葉にされただけで、それを使って自分の気持ちに蓋をしているように見受けられた。

だがノアはクロエが恋愛的な意味で自分を好きになるなんてありえないと強く断言している。

ノアは意味不明な質問をされたと考えていたが、リリからすればノアの反応の方が意味不明だった。

「それで、ね？　ノア？」

「なに？」

「質問の答え、ホントにホント？」

「……ワガママなんて言っておきながらクロエも真面目な感じだったし、本心からの答えだったよ」

「そう、そう、なんだ」

なんとなく並び立つのが恥ずかしくなり、リリは一歩、ノアよりも前に出た。

ノアも、街に帰るまでは護衛として、リリから離れるわけにはいかない。置いていかれないように、追い越しもしないように、歩幅を合わせて歩き始めた。

「ノア、アタシね？　ノアと出会えて本当によかった」

「そう言ってくれるのは嬉《うれ》しい。けど、リリが少しずつでも変われたのは、リリ自身にその意志があったからだよ。あくまでも、俺はそのお手伝いをしたにすぎない」

「自分だけだったら、どれだけ時間がかかったかもわからないわ。そもそも、一人でお父様を説得して家を出られたかも怪しい。これはあくまでアタシの想像だけれども……お父様がノアと一緒ならって外出を許したの、ノアが簡単に信用されたというより、アタシがあまりにも信用されていなかっただけなのかもしれないわね」

　本人が言っているとおり、これはどこまで語ろうがリリの想像だ。

　しかし辻褄《つじつま》は合う。リリの気質を考えれば、父親と一緒の外出を自由な行動とはカウントしないし、ノアでもそうとわかるなら、父親であるアンドレがわかっていないわけがない。となると自分と、自分の息がかかった使用人以外の誰かが必要になるが――どれほどフレンドリーでもリリは公爵家の娘だ。仮にリリとアンドレが多少のケガなら目を瞑《つぶ》ると断言しても、あまり気軽に外出に誘える相手ではない。

　そう考えるとリリだけではなく、アンドレにとっても、ノアは二度と巡り合うことがない都合のいい存在だったのかもしれなかった。

「ありがとう、ノア。アナタに出会えてアタシはようやく、現実の世界に降り立てたのかもしれない。ちゃんと凹凸が存在しているこの世界で、自分はなにを知らなくてなにができないのか、それを知れた気がする。いえ、それを知っていくための準備が、ようやく終わった気がするの」

「そっか。なら、そのことは近いうちに公爵様にも伝えた方がいいよ。悪いけど俺は同席しないから、リリが一人で、自分の言葉で」

「そうね。アタシの中にある外の世界への憧れは別に消えたわけじゃない。ちゃんと一人で外に出られるようになるためには、家族ぐらい一人で説得しなきゃ」

リリがノアのことを恋愛的な意味で好きかどうか。

察するような部分はあるが、確定したわけではない。

しかしノアは思う。

ここまで言えるようになったなら、もう、リリの外出に自分の護衛は必要ない、と。

それはもう確定だ、と。

「雨、止《や》んできたわね。コートは返すわ」

「うん、あっ、でも、寒くはないかな？」

「平気よ。ほら」

そう言うと、リリはコートを着終えたノアと手を繋《つな》いだ。

次にそのまま指を絡《から》めて、恋人繋ぎと呼ばれるような繋ぎ方をしてみせる。

「なんなら熱くなっているね」

「ノアのせいよ」

「いや、厳密にはコートの生地が厚すぎるせいだ」

「今、アタシの手が熱くなっているのは、好きな男の子と手を繋いでいるからよ」

「――――え？」

「アタシはノアが好き。大好き。この言葉を聞いて引き続きボケようなんて許さないわ」

そこまで言われて、ノアの視線が前方から隣を歩くリリに移る。

そしてその瞬間、二人の足はピタリと止まった。

顔はもちろん、長い耳の先端まで赤らんでいる。蒼《あお》い瞳は熱っぽく潤み、ノアのことを上目遣いで見つめている。明確に告白したが、それでも恥ずかしいことには変わりないのだろう。

「逃げられないように、もう一度言うわ。アタシはノアが好き。大好き。アタシの話をイヤな顔一つしないで聞き続けてくれるところが好き。未熟なアタシをそれでも外に連れていってくれるところが好き。アタシの言葉にいつも耳を傾けてくれて、質問したら真面目に答えてくれて、自分でもわからないことはわからないって言ってくれる。そんなアナタのことが、アタシは大好き」

「――リリが、俺を？」

「そうよ。こんな気持ちは生まれて初めてで、正直、これが本当に恋なのかはアタシにはわからない。わかっていることは一つだけ。アタシはノアに向けているこの想《おも》いを、初恋にしたい。そう名付けたい」

完璧に計算外の出来事だった。ノアとしては告白するのは自分からで、逆に相手から告白されるなんてあまり考えていなかった。

自分はリリを恋に落とす。そういう意識が告白するなら自分から、という思考に繋がっていたのだろう。

加えてそれ以上に、リリの中で自分がどれほど大きな存在になっているか。それをノアは正確に判断できていなかった。

だからこその不意打ち。

ある程度方向を変えることができても、究極的には、他者の感情を完璧に制御しきるなんてありえない。

ノアもノアで、そのことを、わかったつもりになっていただけだった。

「ノアはどうかしら？　アタシはまだ心が子どもかもしれない。一人じゃなにもできない雛鳥《ひなどり》なのかもしれない。ノアはルナちゃんと一緒に旅を続けるかもしれないし、もしそうなら、このアンジュフォール領を発《た》つ日も近いのかもしれない」

「それは──」

プランが台無しになった以上、ここから先の言葉は全てアドリブ。

それを理解しているのに、ノアは言葉を詰まらせた。理由は明快、実際にアンジュフォール領を発つ日が今日か、遅くても明日か明後日《あさって》になるからだ。

「それでも、アタシはノアとの出会いを大切にしたい。もしも、こんなアタシにもノアの心を揺らすなにかがあるなら、それを言葉にしてほしい」

リリは手を離して、ノアの正面に立ち、そしてそっとその身体《からだ》にもたれかかった。

そして背伸びをして、自分の唇とノアの唇を近付ける。

決して自分から触れようとしないが、ノアが少しでも迫れば、簡単にキスできてしまいそうな距離だった。

リリとしても必死なのだろう。焦《あせ》っているのだろう。初恋というのも一因だが、それより確定的なこととして、自分が外出に満足したら、ノアはアンジュフォール領を発ってしまう。

だから街に着く前に、リリはノアからなにかがほしかった。それは言葉かもしれないしキスかもしれない。少なくとも相思相愛と思えるようななにかがほしかったのだ。

対してノアは――、

「リリ」

「なに、ノア？」

「さっきも少し言ったけど、俺はリリの自分の足で世界を見て回ろうとする姿が好きだ。周囲のエルフがなんて言おうと、俺はその姿を、今ではもっと見たいと思っている」

そこに関して言えば、ノアのウソ偽りない本音だった。

しかもただの本音ではなく、リリと出会った頃には存在していなくて、リリと接するうちに、いつの間にか芽生えていた本音だった。

「そんなこと言われていないわ」

だが、それを聞ければ本来嬉しいはずのリリはなぜか、イジワルそうな笑みを浮かべて否定する。

「え？　いや、確かに一言一句同じわけじゃないけど似たようなことを――」

「さっき、ノアはアタシに対して、好ましいと思っているって言い留《とど》めたのよ。好きだとは言い切っていなかったわ」

「あっ」

「はい！　今さら口が滑ったなんて言うのはナシよ！　アタシはノアのことが好き。ノア

もアタシのことが心の底で実は好き。これで相思相愛、ハッピーエンドね！」

相思相愛と相手に思われることはノアにとっても悪いことではない。

今リリから血を吸えば、貴族のモノである上に、限りなく発情状態に近い血を吸えることになるのだ。血の質をこれ以上高望みするのは非現実的すぎる。

ゆえに吸うべき。

キスのふりをしてその首に牙を立てるべき。

だというのに――、

「リリッ、ゴメン……っ！」

「えっ⁉」

ノアがリリのことを突き飛ばす。

リリは拒絶されたと思い困惑の声を漏らすが、それも一瞬のこと。

次の瞬間、ノアの身体は何者かの魔術によって吹き飛ばされた。ノアの結界の展開は間に合っていたというのに、それを叩《たた》き割った上でノアにダメージを通している。

リリでさえそれがわかったのだ。

ゆえに今、立ち上がるノアの脳内は恋愛モードから戦闘モードに完全に切り替わった。

「お前、その顔、どこかで見たことがあるな」

そう言ったのはノアではないし、無論、リリでもない。

天罰代理執行軍の軍服を身にまとい一人で近付いてくる相手は勇者――ロベール・ヴァンプラト本人で間違いなかった。

「ちょっとアナタ！　なんで勇者がノアのことを――っ」

「ノア？　こいつの名前、ノアで間違いないのか？」

「…………っ！」

ロベールに問われ、思わずリリは口を閉じた。

自分はただノアの名前を口にしただけだが、それすらもよくないことだったのかもしれない。

そう考えてリリは黙るが、ここで黙るということは質問の答えがＹＥＳということ。

ロベールは改めてノアの名を、ノアと認識して、ノアを見る。

そして、ロベールは勇者で、天罰代理執行軍の一員。真実に辿《たど》り着くのに、そう時間は必要なかった。

「――そうか、どこかで見た顔だと思ったが、思い出した。三年前の戦争で優先的に殺すように言われた吸血鬼、ノア・ノワールエヴァンジル！　神の名のもとに滅ぼした王国の元第一王子か！」

十章　わたしにとってはお兄ちゃんこそ、本当の勇者です！

「ノアが……吸血鬼で、しかも王子様？」

「――――騙《だま》していて、ゴメン」

呆然《ぼうぜん》と呟《つぶや》くリリに対して、ノアの返事はあまりにも簡素だった。

自分が吸血鬼であること。そしてリリの血を奪おうと考えていたこと。それらは弁明の余地のない事実。

しかしそれ以上に、今、目の前に立っている敵はよりにもよって勇者なのだ。リリが混乱しているのは想像に難《かた》くないが、ノアとしては勇者の方に意識を割かねばならない。

「ゴメンで済む話じゃねぇだろ。お前は一切の権利が認められていない魔族で、そこの色ボケは仮にも公爵家のお嬢様だ。常識的に考えて死刑一択。大人しく捕まってくれれば、少なくともこの勇者との戦闘だけは避けられるぜ？」

「勇者なんて規格外の存在なのに、やけに慎重だな。俺がリリを人質に取る可能性だけはよほど摘んでおきたいようだ」

「勇者なら普通に守れるって周囲から言われるからな」

不意打ちでノアのことを吹き飛ばすことに成功したとはいえ、依然としてリリとの距離はロベールの方が遠い。

脚の速さでロベールが後れを取ることはありえない。

が、ノアの力量が不透明なのが懸念《けねん》点だった。

「だったら安心しろ」

「なに？」

「確かに俺はただ吸血鬼ってだけではなく、女の子の心を弄んでいた本物の悪人だ。だけど、流石《さすが》にリリをここから先のことに巻き込むつもりは俺にもない」

そう言うと、ノアは静かにリリから離れる。

しかし、リリは未《いま》だに呆《ほう》けたままその場から動けずにいた。

「おい、色ボケ！　なにボサッとしてんだ⁉　とっとと消え失《う》せろ！」

「ま、待って！　ノア！　ノアにもなにか事情があるんでしょう⁉　だったら！」

「だとしても、リリの心を弄んだ事実は変わらない。俺に言われても不愉快かもしれないけど、キミがこれから先、自分の道を切り拓《ひら》けることは本心から願っているよ」

「～～～ッッ、アタシが聞きたいのはそんな言葉じゃない！」

「…………はぁ、このクソ色ボケが。捻挫ぐらいは覚悟しておけ」

辟易《へきえき》して大きな溜息《ためいき》を吐《つ》きながら、ロベールは魔術を発動した。

「詠唱零砕《れいさい》――【風打の槌《ルマルトー・デュ・ヴァン》】」

「えっ⁉　ちょっと⁉　ノア！　ノアアアアアアアアアアアアアアアアアッッ！」

魔術により突風が発生して、リリは街の方に飛ばされてしまう。

これにより邪魔者は消え、ロベールが気兼ねなく全力を出せる舞台が整ってしまった。

しかし、ノアには殺し合いを始める前に、どうしても勇者であるロベールに訊《き》いておかねばならないことがあった。

「殺し合いをする前に質問がある」

「うるせぇ！　魔族は死ねェエイイイイイッッ！」

ノアの言葉を遮るのは叫びだけではなく数多《あまた》の魔術の嵐だった。

以前、ノアも使ったことがある【絶火、天焦がす緋華の如く《デストリュクシオン・イキャルレット》】や【天水、業浄め流す審判の刻《アニイラシオン・アンディゴ》】を始めとして、剣、竜巻、雷、そして光。詠唱を零砕した上で、遍《あまね》く魔術を特大の威力で放ち続ける。

ただ罅割《ひびわ》れが起きるだけではない。攻撃が地面に当たるたび、領都全域が強く揺れる。

ただ突風が吹くだけではない。質量を伴う攻撃、その全てが音速を超えており、一撃一撃が常に衝撃波を生んでいた。

大地も大気も一秒ごとに爆《は》ぜ続け、ほんの数秒でロベールの前方は見るも無残な焦土と化した。

だが――、

「この質問はお前にとっても気持ちよくなれる質問かもしれないぞ？」

吹き飛ばされた木々が燃え、大地は黒く焼き尽くされ、辺り一帯に灰燼《かいじん》が舞い続ける。

その土煙の中からノアは姿を現し、可能な限りロベールの興味を惹《ひ》くような言葉を口にした。

「気持ちよくなれる質問だぁ？」

「勇者システムの根源についてだ」

「――――へぇ」

興味を唆《そそ》られ、ロベールは魔術の発動をキャンセルした。

一方、ノアもそれを魔力感覚で察知して、敵の気が変わらないうちに話を続ける。

「たとえ魔術を使ったとしても、〇《ゼロ》から一を生み出すことはできない。そして一を一〇にすることも不可能だ」

「あぁ、魔術の大原則、基本中の基本だな」

「そしてこの国の勇者は戦争で功績を挙げた軍人がなれる後天的な存在だ。生まれた瞬間から怪物みたいな存在だったわけじゃない。つまり、なんらかの強化が施されていると考えるのが自然だろう」

「そうだなぁ、勇者として、全面的に肯定してやるよ」

「ただ肉体的に強くなれるってだけなら、それは常識的な魔術の範疇《はんちゅう》だ。だが、脳が継続的に扱える魔力の総量、そして瞬間的に扱える最大出力、ここの強化だけは本来不可能なはず」

「そのとおり！　どれだけ効率的に魔力を運用したとしてもロスが発生するのが魔術だ。今しがたお前が口にした原則も相まって、魔術師としてのスペックを魔術で強化することは不可能と言えるだろう！」

「ッッ！　だったら、残されている可能性は――っ！」

「――――魔術を使って戦争で生け捕りにした魔族の脳と接続するか！　あるいは吸血鬼が持つ条件付きで他者の特徴を奪うスキルを研究して応用するか！　あ～、いや、待て待て、その両方という可能性も存在しているなァ！　くふ……、ふはは、アッハッハッハッハッ――ッッ！」

怒りに歪《ゆが》むノアの表情《かお》。

それを見てロベールの愉快な感情の波は理性の堤防を破壊する。彼は肺の中の空気を全部使ってしまうほどの哄笑《こうしょう》を上げた。品性の欠片《かけら》も存在しないバカみたいな笑い声が目の前の焦土と背後の森林、そして夜空に響き渡る。

「アハハハハッッ！　これで他の疑問も解けたんじゃないか？　俺がたった一人でここにきたのは戦力的に充分である以上に、勇者の秘密を守りたかったから！　そして――」

「――そして、俺の存在に気付いたのは勇者システムに吸血鬼のスキルが関わっているからか？　お前の目線で言うと、自分の周囲にプチ勇者が出現したような感じだったんだろうな」

「そのとおり！　闘技場でエキシビションマッチをした時、俺はいつもどおり勇者システムの本体と空間を越えて繋《つな》がった。だがその時、感覚的な話で悪いが違和感を覚えたんだよ。けど、すぐにピンときた。三年前、お前の故郷を滅ぼした戦争で勇者システムのテストに参加した時、敵に吸血鬼がいた時の感覚だってなァ！」

「俺ももう他人に対して正義を語る資格を失ってしまったが……そんなクソみたいなシステムを構築するために、俺たちの国に戦争を仕掛けたのか」

「条件付きとはいえ、他者を虐《しいた》げるほど具体的に強くなれるスキルなんだぜ？　軍事的な組織なら、喉から手が出るほどほしいに決まってんだろ！」

「天罰の代行者が聞いて呆《あき》れるな」

「それで、だ。本当はもっと早くお前のことを殺せればよかったんだがなァ……。たった一人で情報収集して証拠を固める必要があったから遅れちまったぜ！」

腹を抱えながらロベールは笑い続ける。

「いや～、お前、運がいいじゃねぇか！　この真実、勇者の中でも知っているヤツとわざわざ教えられていないヤツがいるんだぜ？　今日ここで出会ったのが俺でよかったなァ、オイ！」

「……勇者の中でもこのクソみたいな真実を知る者と知らぬ者がいる、か。お前、戦争で仕事以外のこともたくさんしただろ？」

「もちろん！　どんな綺麗事《きれいごと》並べようが、実際は戦争で敵国の女を犯さない兵士の方が少ねぇよ！　あの頃は毎日が楽しかった！　普通の男女じゃできねぇことを何度もできた！　どんなに女を壊しても代わりをいくらでも捕まえることができた！　おかげで終戦後はどんなことをしても満足できなくて、女遊びには一年で飽きちまったがなァ！」

悪びれた様子は一切なく、ロベールはまるで常識を語るように自身の罪を認めた。

「伯爵家の次男っていうのは思ったより世知辛くてさァ！　兄貴が家を継げるのに対して俺には政略結婚の価値さえあまりない！　なのに父上は貴族ゆえの責任《ノブレス・オブリージュ》がどうのこうのと、

やかましいことこの上なかった！　だが、俺も一応貴族だからなァ！　国のため、神のために戦いたいって言ったらそれなりの教育を用意されて、おかげで今は──」

「──立派な性犯罪者だな。いや、失礼。事情を考えると立派ではなく不能だったか？」

ノアが煽《あお》ると、轟《ごう》……ッッ！　という音と共に、彼のすぐ真横で突風が吹き荒《すさ》ぶ。

その瞬間、まるで雪が溶けるように滑らかに、呆気《あっけ》なく地面に一キロメートルを優に超える距離の溝が出来上がった。

それはまるで神話に登場する巨大な蛇が前進した跡のよう。距離もさることながら、深さも横幅も一〇メートルを超えている。

普通に考えて、掠《かす》っただけでも即死の一撃。どうも、勇者という怪物はこの攻撃をあくまでも牽制《けんせい》として使っているようだった。

「どうやら、魔族には名誉毀損という概念がないらしい」

「強姦《ごうかん》の常習犯が名誉を語るなんて世も末だな」

「権利が存在しない種族の女をどれほど犯そうが罪にはならない。そういう嫌味だったんだが、バカには遠回しすぎたか？」

「驚いたよ。まさか自分は嫌味を言うクセに、それに対して嫌味を言い返される発想が皆無とは」

ふと、ロベールは再び魔術を発動させる気配を見せる。

一方でノアも、知るべきことを知り終えたのだ。殺し合いに備え、脳内に魔術のストックを蓄え始めた。

「弱者のクセに、随分と余裕そうだな。俺は最強無敵の勇者だぞ？」

「戦いの勝敗が純粋な実力だけで決まると考えているなら、お前こそ頭が弱い」

最上位魔術を詠唱零砕で発動可能。最低でも一〇〇〇回殺さないと本当に殺せない。

一騎当千の怪物、文字通り精鋭と称される魔術師が一〇〇〇人いてようやく勝負という体裁《ていさい》を成立させられる勇者と相対しても――それでも、ノアは微塵《みじん》も臆していなかった。

「逆にそっちこそ余裕そうだな。危機感が足りていないんじゃないか？」

「……ハァ？」

敵ながら、ロベールは目の前の男の頭を心配した。

勇者という存在を知らないのならいざ知らず、この男に至っては一度、勇者の戦いを観《み》にきている。その上でこの発言は異常としか言いようがない。

「俺はお前の戦いを観たことがある。その上で勝算はあると考えて、逃げずにこの場に立っているんだ。他者の命を使って遊びすぎて、戦いに命を懸ける感覚を忘れたか？」

そこまで言われてロベールの目付きが変わる。

勇者になってから長らく、彼は畏怖と尊敬しかされてこなかった。それゆえに自身も、他人に対して久しく怒りなんて覚えていなかった。

そんな彼の双眸《そうぼう》に、数年振りの憤怒《ふんぬ》の焔《ほのお》が灯《とも》される。

「……お前、俺が詠唱を零砕して最上位魔術を使えるって知っているよな？」

「そうだな。だが、最強の魔術が常に最適な選択になるとは限らない」

「……俺を本当に殺したかったら、一〇〇〇回殺してようやくスタートラインだぞ？」

「一秒に一〇回殺せば一〇〇秒でスタートラインに立てるな」

「勇者は痛覚をオフできるから、恐怖を感じることもない」

「死後の予行演習とは感心だ」

動揺なんて概念が存在しない売り言葉に買い言葉。

二人とも、互いに互いの言葉が微塵も感情を揺さぶらなかった。

ゆえに、これ以上の煽り合いは不要。

これより先、互いに欲《ほっ》するモノは相手の命、ただそれだけ。

「――いくぜ！　天罰代理執行軍の勇者、ロベール・ヴァンプラトーがお前を殺す！」

「――いいだろう。今は亡《な》きノワールエヴァンジル王国の元王位継承権第一位、第一王子ノア・ノワールエヴァンジルが今宵《こよい》、お前に真実の死を刻み込む」

◇◆◇◆

「「Je souhaite! Je prie! Je veux des jambes rapides,des bras forts et un esprit invincible!《我は祈る我は願う腕には強さを、脚には速さを、意志には敵を討ち往く気高さを》」」

ノアもロベールも、まずは【英姿投影《ルゲニオンイデアル》】で身体能力の向上から始める。特にノアの方は生身のままだと攻撃の余波だけで即死しかねない。

続いて、先手を打とうとしたのはロベールの方だった。

「詠唱零砕《れいさい》」

（属性は雷！　発動後の対処は間に合わない！）

魔力感覚を研ぎ澄まし、ノアは相手が発動する魔術に大まかな目星をつける。

そして零砕された詠唱に競《せ》り勝つために、ストックしていた魔術を早速一つ追憶した。

「詠唱追憶！　【君臨する鋼の城壁《ロンパー・アン・アシエ》】！　編曲九重奏《アレンジノネット》！」

「――【壮麗黄金蹂躙世界：霹靂以って戦意蹴散らす歓喜の長槍《モンド・デ・ラ・ドミナシオン・パーヌ・グラン・ジョーヌ》】――」

煽り合いはすでに終わっている。

ノアの読みどおり、ロベールは初手から最上位魔術の中でも最も速度に優れる一撃を放ってきた。氷の最上位魔術を使える以上、他の属性の最上位魔術も使えると見積もっておいて正解である。

しかし、その上で、だ。

「ぐお……ッッ！」

四方八方で竜の咆哮《ほうこう》のごとき轟音《ごうおん》が鳴りやまず、世界が壊れたかのように辺り一帯が純白に点滅し続ける。

大地は子どもが遊ぶ砂場のように刻一刻とその形を変え続け、土どころかその奥の岩盤さえ砕け散って宙に舞った。

地域全体が酷《ひど》く揺れて、前方の遥《はる》か向こうまで岩盤を剝《む》き出しにする勇者にとっての通常技。適切な対処なんて関係ない。その暴力はただ出力の差によって、防御の上からノアの身体《からだ》を豪快に吹き飛ばした。

「完全に防ぐのは無理と諦め、魔術の効果を改変して、軌道を逸《そ》らすことに注力したか」

衝撃によって反射的に口が開き、全身から空気という空気が勢いよく叩《たた》き出される。

挙句、一〇〇メートル以上弾《はじ》け飛んだのち、何度もバウンドを繰り返し、ようやくノアは受け身を取れた。

「英断と褒めてやろう」

（後ろから！　属性は焔！）

「詠唱零砕――【燦爛緋色殺戮世界：灼熱以って焦土広げる情愛の大剣《モンド・デ・ラ・デストリュクシオン・パーヌ・グラン・イキャルレット》】！」

すでに敵は自分の背後を取っている。

その敵が魔術を発動した刹那、爆発と共にこの世に地獄が現れた。

視界に映る全てが赤らむ。急激に発生した常軌を逸した高熱で大気が混沌《こんとん》とし、光さえ直進できずに世界が歪む。

大地はすでに一度焦土と化している上に、遠くまで岩盤が剝き出しになっている。

これ以上、果たしてなにを燃やすのか？

理屈の上では岩石だって燃やすことは可能だが――今、ノアが振り向いた先では高さが一〇メートルにも及ぶ深紅の劫火《ごうか》が津波のように迫りきている。視界一面の灼熱《しゃくねつ》。まさに火葬という概念の具現化。余計なことを考えている時間はない。

「……詠唱……零、砕……【癒しの光《リュミエール・ミゼリコルデュース》】！【君臨する鋼の城壁《ロンパー・アン・アシエ》】！編曲《アレンジ》、十重奏《デクテット》！」

その症状はあくまでも攻撃の余波。

だというのに、生きるために呼吸をしただけでノアの呼吸器は酷い火傷《やけど》を負う。

本来であれば想像を絶する痛みだが……今戦っている相手は天下無敵の勇者なのだ。この戦いの最中であれば、一々そんな痛みで止まっていられない。

その証拠に――、

（さらにまた後方！　今度は風！）

「最上位魔術で挟み撃ちだ。詠唱零砕」

「詠唱追憶！　【風打の槌《ルマルトー・デュ・ヴァン》】！　五重奏《クインテット》！　そして――……」

「【雄偉叢雲荒廃世界：陣風以って希望封じる苦痛の重槌《モンド・デ・ラ・レストリクシオン・パーヌ・グラン・ヴェール》】」

地獄の次に具現化したのは、また別種の地獄だった。

前方に竜巻を起こしそれをぶつけるなんて、そんな可愛《かわい》らしい次元の魔術ではない。発生のメカニズムは違うが、規模は竜巻ではなくハリケーン。その魔術は敵にぶつけるモノではなく、発生したその瞬間、すでに敵を飲みこんでいるものだ。

空と大地を繋ぐほどの魔術によって、岩石さえ浮き上がり切り刻まれて塵《ちり》と化した。幾度となく地割れが起き、天候さえ変わり突如として豪雨が降ってくる。

地獄の劫火を巻き込んで真っ赤に染め上がった豪雨の中のハリケーン。日は沈んでいるはずなのに、領都全域を明るく照らすそれはまさに神技と言う他ない。

「口ほどにもないな」

これが勇者。これが一騎当千の実力。

真正面からこの怪物を打ち負かすなど不可能だと断言できる圧倒的な不条理。

戦闘が開始されてからようやく一分が過ぎた程度だというのに、すでに勇者の威厳はこれでもかと言うぐらい示されている。

「調整をミスって火が森に移ってもイヤだからな。どれ、一斉解除」

大規模な魔術を収束させたくば、本来はそれ相応の時間がかかる。

だというのに、ロベールは軍服のポケットに両手を突っ込みながら事もなげに言う。

出力を調整していて、全力を解放していたわけではない、と。

そして地図さえ塗り替えることが可能なハリケーンを瞬間的に、かつ無難に消し去ることが可能だ、と。

「これで生きていたらあいつの方が化物だ………な？」

ハリケーンの中心地に足を運んだ瞬間、ロベールは自分の目を疑った。

そこには魔術で掘ったと思《おぼ》しき穴が空いていた。ノアは生き残るために地中深くに潜ったのだと、ロベールはそのように推測する。

「――いいだろう、認識を改めてやる。雑に叩いて殺せる虫ではなく、少なくとも、殺す意思を見せねば殺せぬモグラではあるようだ」

ロベールは決意を新たにノアが隠れていると思しき穴に手をかざす。

そして――、

「詠唱零砕、【絶火、天焦がす緋華の如く《デストリュクシオン・イキャルレット》】！　編曲《アレンジ》、百重奏《ヘクテット》！　ただ燃やすだけでは芸がないからな。穴の中で孤独に、酸欠と一酸化炭素中毒で死ぬが良い」

ノアが作った穴に死滅の焔が落とされる。

穴から脱出しようものなら勇者と再びの対面。穴に籠り続ければ酸欠と一酸化炭素中毒。どちらを選んでも地獄のような二者択一だ。

だが、それには大きな前提が存在している。

「威力はいらない。大きさもいらない。速度と飛距離があればそれでいい。Rassemblez《集え》、l'élément magique. Formulaire et vainquez les ennemis lointains.《魔術の源よ形を成し、遥か遠くの敵を討て》【魔弾《ラ・マジーバル》】編曲《アレンジ》」

その攻撃は魔術の基本中の基本。見習い魔術師が最初に覚える攻撃手段。

焔や雷が飛び交い、光が敵を灼《や》き重力が死骸を潰す。それが常識的な魔術師同士の戦いで、ただ魔力に指向性を持たせて放つという貧弱な技だ。

しかし——

「いっ——」

（隠密《おんみつ》に敵を殺すだけなら充分な威力だ！）

ノアの初等魔術がロベールの頭を貫通する。

意図的に作っておいた穴はオトリ。時間や空間に関する魔術はルナの方が得意だが、決してノアだって使えないわけではない。

空間転移のストックを消費したノアは一キロメートル以上先の森に息をひそめ、【雄偉叢雲荒廃世界：陣風以って希望封じる苦痛の重槌《モンド・デ・ラ・レストリクシオン・パーヌ・グラン・ヴェール》】から生き延びていた。

そして肉体強化の魔術――【英姿投影《ルゲニオンイデアル》】の出力を上げて、一度死んだことにより意識を失ったはずのロベールに接近を開始する。

（あいつは一〇〇〇回殺してようやくスタートラインと言っていたが、恐らく正確な発言ではない。致命傷じゃなかったとしても、傷を回復させるという行為は大なり小なりあいつを真実の死に近付けるはずだ）

肉体に強化を施したノアが地面を蹴るたび、そこには幾度となく放射状の罅《ひび》割《わ》れが広がる。一キロメートル以上あった彼我の距離は一〇秒も経《た》たずに詰められた。

（どんな怪物だろうと気絶中だけは魔術を使えない！　ここで少しでも生命力のストックを――、ッツ）

不意に、ノアの背中に悪寒《おかん》が奔《はし》る。

その原因を瞬間的に突き詰めて、彼はロベールへの攻撃を諦めた。そしてそのまま陥没するほど地面を強く蹴り、ロベールを飛び越えるように跳躍する。

数瞬後、ロベールの姿が幻のように霧散して、そこを中心にカマイタチが発生。わずかにでも判断が遅れていたら今、ノアは生きていない。

しかし、敵の手はまだ緩むことを知らなかった。

「詠唱零砕！　【黒より黒い星の力《シェーヌ・アン・エトワール》】！」

「詠唱零砕――【絶光七色《ラバル・アン・シエル》】」

光を用いた攻撃を発動後に回避することはできない。

ゆえに、ノアは重力を操作して十数メートルの高さから強引な着地を試みた。

そしてやはり数瞬後、ノアの頭上を極大の光の槍《やり》が通過する。雲に大穴が空き、歴史的な大豪雨が一瞬でやむ。まるで昼間になったように視界全体が白く染め上がり、直撃を避けたのに彼の両目は激痛を訴え始めた。

「おうおうおう！　すげぇすげぇ！　よく幻影に気が付いたなァ！」

「さっき似たようなことを話したばかりだろ。どれほど優れた魔術師であっても、幻影魔術を使った反応自体を幻影魔術で誤魔化すことは不可能だ」

だからこそ、ルナは幻影魔術を使う時、身体が不自由だから常に魔術で補助しているという言い訳をしているのだ。

完全に幻影を解除して、ロベールの本体が再びノアと相対した。

またノアの方も、立ち止まって軽く息を整える。想像を絶することに、勇者と戦い始めて二分は経過しているのに、彼に目立った外傷は一切ない。

「それと、俺が【絶光七色《ラバル・アン・シエル》】を使うよりも先に、【黒より黒い星の力《シェーヌ・アン・エトワール》】を使っていたな」

「俺がお前の立場なら、空中の敵をみすみす地上に下ろすことはしない。跳躍した時点で追撃には警戒していた」

少なくとも読み合いというただ一点において、ノアは勇者さえ圧倒していた。

生半可な読みではない。ただ少し優れている程度なら、勇者のスペックにモノを言わせた攻撃で磨《す》り潰《つぶ》されてしまうのだから。

「なるほど、詠唱の追憶がお前の活路か。確かに、それなら詠唱を零砕《れいさい》された魔術にも発動速度で競り勝つことができる。ならば――」

ノアのことを敵として認めたと言っておきながら、ロベールは悠然とした動きでポケットから左手を出した。そして魔術を使うでもなく、手首の腕時計を確認する。

流石《さすが》に、いくらノアでもこの行動の意図は理解不能。無理に攻めたら即死するため、守りを意識したい彼としてはロベールの出方を窺《うかが》うしかなかった。

「戦い始めてだいたい三分。そろそろいいか」

そう言うとロベールは常軌を逸した量の魔力を並行して運用し始めた。常人が扱える量の一〇倍や一〇〇倍という規模ではない。やはりと言うべきか、一〇〇〇倍以上。必然、これより繰り出される魔術は今までの攻撃が児戯と思えるほど苛烈なモノになるだろう。

流石に焦《あせ》るな……ッッ！　と。

生唾を呑《の》み、ノアは敵の思惑を察する。詠唱の追憶とは要するに溜《た》め込んだ魔術を時間差で発動する行為だ。

果たして勇者という化物は三分という時間で、どれほどの魔術を溜め込むことができたのだろうか？

「詠唱追憶――ッッ！

【燦爛緋色殺戮世界：灼熱以って焦土広げる情愛の大剣《モンド・デ・ラ・デストリュクシオン・パーヌ・グラン・イキャルレット》】十重奏《デクテット》！

【壮麗黄金蹂躙世界：霹靂以って戦意蹴散らす歓喜の長槍《モンド・デ・ラ・ドミナシオン・パーヌ・グラン・ジョーヌ》】十重奏《デクテット》！

【雄偉叢雲荒廃世界：陣風以って希望封じる苦痛の重槌《モンド・デ・ラ・レストリクシオン・パーヌ・グラン・ヴェール》】十重奏《デクテット》！

三つの地獄を束ねて総じて三十重奏《トリアコンテテット》ッッ！　吸血鬼の王子よ！　誇りに思え！　泣いて喜べ！　地獄を予行演習させてやる！　勇者であるこの俺がここまで本気を見せるのは、後にも先にもお前だけだ！」

「そりゃそうだ。ここで死ぬお前に先なんてない」

◇
◆
◇
◆

一方でその頃、リリは肉体強化の魔術を全開にして屋敷《やしき》に辿《たど》り着いていた。

ノアが魔族であることを父親に告げ口するためか？

否《いな》。

あの攻撃の余波だけで即死しかねない戦場から離れるためか？

正しいのは半分だけ。

なぜなら――、

（アタシはまだ、ちゃんとノア自身の口からなにも聞けてない……っ！）

許すにしろ許さないにしろ、好きでい続けるにしろ嫌うにしろ。

どのような結末になるにしろ、リリはせめてもう一度、ノアと話をする機会がほしかった。

あのように尾を引く別れが初恋の最後であっていいものか。

ノアが吸血鬼の王子とか、その彼を勇者が討伐に来たとか、そのようなことはリリの知ったことではない。

（アタシはただノアに恋しただけ……っ！　確かにアタシはノアに騙《だま》されたのかもしれないけど、ノアのことを好きだって気持ちはまだ、アタシの中にちゃんとある！　帰ってきたらビンタするかもしれないけど、ノアが死ぬなんて絶対にイヤ！）

走って走って走り続けて、最後に行き着いたのは自室ではなくノアの部屋だった。

そして息を整えることもノックすることもなく、リリは部屋のドアを勢いよく開いた。

「ルナちゃん!?　いる!?」

「ひぅ……リリ、さん？」

一応、部屋の中には確かにルナがいたが、彼女は静かに窓の外を眺めているだけだった。

太陽が落ちてきたかのように世界が赤らみ、数多《あまた》の落雷が鳴り響き、豪雨が川を氾濫させている。世界の終幕さえ連想する破滅的な景色を見てもなお、ルナは静かにそれを眺めているだけだったのだ。

なんなら、外の様子よりも突如現れたリリに強く驚いている。

つまり、異常。

ノアが吸血鬼だというのが真実なら、ルナもまたなにかしらの事情を抱えているのは容易に想像できる。

そのような彼女にリリはまずなにを言うのかといえば――、

「アタシはノアが好き！　大好き！　世界で一番愛している！」

「――――ふぇ？」

「その想《おも》いはノアが吸血鬼だって知った今も変わっていない！　アタシはノアに生きて帰ってきてほしい！　ビンタぐらいするかもだけど、二人を罰する気は一切ないの！　攻撃しないで話を聞いて！」

「――――わかり、ました」

言葉を失い、起きている事態について考えたのはほんの一瞬。

リリの言葉を信じ、ルナは彼女の話を最後まで聞くことにする。

「それ、で……………お兄……ちゃん、は……今、どの……よ……う、な、状況……なん、です……か？」

「アタシとキスする直前に勇者のヤツに吹っ飛ばされたわ！　それで口の中に牙が見えたの！　そのあと――」

「…………ふぅ、要する……に、吸血鬼……と……バレ、て、戦い……に、なった、ということ……ですね？」

「あとあと！　勇者がノアの名前から元王子ってことを推測したのよ！」

「うん～…………、否……定は……しま、せん、が、今……は、関……係、な……い、情、報……です」

「次にノアはアタシを巻き込まないために自分から離れていったの！　で、その隙に勇者が邪魔だからってアタシのことを吹き飛ばしたわ！」

「あ～、えと……、ぇと、それ、で……こ……こに、戻っ……て、きて、わた……し、に……お兄……ちゃん……の……救援を………」

「だいたいそういう感じよ！　でも屋敷に戻る前、一度戦場に戻ったのよ！」

「はぁ!?　なんでですか!?　バカなんじゃないですか!?」

ルナでさえ演技を忘れて声を荒らげるほど意味不明な行動だ。

実際、最低限の自覚はあるようで、リリがその罵倒に文句を言うことはなかった。

「アタシがいないところでならノアの本音が聞けると思ったのよ……」

「死んだらなにも聞こえませんよ！」

「それはそうだけど……ともかく、そこでノアの本心の代わりに勇者システムの正体について聞いたのよ！　戦争で生け捕りにした捕虜の脳を使っているからこそ、その分だけ勇者は強くなっているって話だったわ！」

「ハァ、焦りには……共感、します。ですが、その情報は最初に言うべき情報です……」

ルナだってリリの気質は知っていたが、まだまだ要領が悪かった。

「それで戦いが始まって、一目見て死ぬと思ったから急いで帰ってきたわ！」

「なる……ほど」

「…………っ、申し訳ないけれど、アタシはどこからどう考えても、あの戦いに混ざれない。アタシがすべきことはノアのことがどれだけ心配でも、この屋敷でジッとしていることだけ。でもルナちゃんならなにか――」

「――わたしにも、することはなにもありません」

リリは今にも泣きそうだった。

好きな男の子が死にかけているのに、自分にはただ待つことしかできない。そしてそれが最善であると頭で理解はできているのに、心は理屈に反して暴れ出そうとしている。

逆に、ルナの表情に憂いはない。

世界で一番愛している兄が命を懸けて戦っているが、ルナはノアのことを心の底から信じている。ゆえに、待つのは苦でもなんでもなかった。

「わたしは世界一愛していて、世界一カッコイイお兄ちゃんのことを信じています。お兄ちゃんはくだらないミスなんてしません。絶対に生きて帰ってきます」

「くだらないミスって……無理よ！　最上位魔術が通常技の感覚でポンポン飛んでくるような戦場なのよ!?　たった一撃で地形と天候が変わるのよ!?　ミスをしないなんてありえ

ないわ！　そうでなくても、いつかは純粋な出力の差でノアが磨り潰されちゃう！」

「わたしはもっと基本的な話をしているんです」

ルナは駄々っ子に呆れるように嘆息したあと、静かに窓の外の景色に視線をやった。

端的に言えば天変地異。空どころか世界が赤い。地から天にまで続く火柱は遠く離れた屋敷からでも確認できて、神の怒声のような轟音《ごうおん》が常に響き渡っている。

確かにルナとしても、いくら信じていようがあの戦場でノアが完全にミスをしないとは思わない。

しかし、そういう段階の話ではないのだ。

「お兄ちゃんはすでに一回、勇者の戦闘を観察しています。そしてリリさんでも勇者の脅威を把握しているのですから、わたしのお兄ちゃんが把握していないわけがありません。そのお兄ちゃんが戦うか逃げるかの選択肢が存在している状態で、リリさんを突き放して戦うことを選んだんです。つまり――」

「――あれに対して、勝算があるってこと⁉」

「はい、絶対にあります。断言できます。一応手当の準備だけはしておこうと思いますが――見ていてください。世界で一番カッコイイわたしのお兄ちゃんの勝利を。それとついでに、そのお兄ちゃんを心の底から信じているわたしの余裕を」

◇
◆
◇
◆

「アッハハハッハハハハッッ！　ひ〜〜〜ッッ！　さしぶりだぜェエエエエ！　この感覚ゥ！　この！　開ッッ！　放ッッ！　感ッッ！　アッアハハハ！　アッヒャッハハッハハアアアアアアアアアッッ！」

宙に浮きながら、ロベールは心底楽しそうに両手で顔を覆って高笑いし続けた。

とはいえ、彼の眼下に広がっているのはそれも納得の惨状だ。

それは死滅の輪舞曲《ロンド》、辺り一帯の天地万物、森羅万象が塵《ちり》に還《かえ》るまで終わらない地獄の具現化だった。

先ほどよりも【燦爛緋色殺戮世界：灼熱以って焦土広げる情愛の大剣】《モンド・デ・ラ・デストリュクシオン・パーヌ・グラン・イキャルレット》は温度を段違いに上げている。遥《はる》か遠くまで岩盤が沸騰して、焔《ほのお》属性の魔術を使っているのに大気のいたるところで何度も閃光《せんこう》が生まれていた。

【雄偉叢雲荒廃世界：陣風以って希望封じる苦痛の重槌】《モンド・デ・ラ・レストリクシオン・バーヌ・グラン・ヴェール》は規模と風圧、及び風速を強化している。地から天に連なる死の風は地獄の劫火《ごうか》と、それによって生じた塵を吸い込み、通常であれば人体が融《と》けるほどの高熱を帯びる。また地獄の劫火の方も、死の風の煽《あお》りを受けて必要もないのにその熾烈《しれつ》さを跳ね上げ続けた。

そして【壮麗黄金蹂躙世界：霹靂以って戦意蹴散らす歓喜の長槍《モンド・デ・ラ・ドミナシオン・パーヌ・グラン・ジョーヌ》】で強化されたのはその継続時間。ロベール自身がしたこととはいえ、これほどの悪視界の中で、生きていようが死んでいようが攻撃を当てるのは困難だ。

であればどうすればいいか？

答えは単純、予《あらかじ》め指定した範囲内で、敵に雷が当たるまで跳躍させ続ければいい。

「圧巻だぁ、最ッ高の光景だ……っ！　これを知れば普通の生活に満足できないのは当然のこと！」

河川が消えて大地が融けて空が壊れる。

もはや魔術なんて関係ない。

ただ放置しているだけで、その領域では即死級の大爆発と疑似的な火山雷がひたすらに連鎖し続けた。

鳴りやまぬ轟音と雷鳴。

世界そのものが割れるのかと錯覚するほどの爆発と暴風。

本来であれば川を氾濫させるほどの歴史的大豪雨は地に着く前に蒸発しきって積乱雲に還り続けた。

普通に考えて天変地異。人の手によって制御不能な自然の暴力。

だが、ロベールはこれを発生させた張本人で勇者なのだ。最低限、勇者として領都には一切の被害を出していないのがせめてもの救いだった。

（こんな考えなしに世界を滅茶苦茶《めちゃくちゃ》にしやがって！　一応、街だけは守っているようだが復興というモノにどれほどのコストがかかると思っていやがる！　俺を殺すだけならここまでの魔術は絶対にいらない！　効率が最悪だ！）

祖国が滅亡したあと、戦後の惨状を見たことがあるからだろう。

天さえ燃やす火柱の中、ノアは魔術を使い結界と共に滞空して、焦りよりも怒りを覚えロベールのことを内心で貶《けな》した。

（――――ハァ、落ち着け、苛立《いらだ》つな。まず、俺がこの環境下で結界を維持できるのは残り二分程度。で、勇者システムについて一つ、わかったことがある。根本的な話だが、勇者本人が強くなろうと意識しないところは強くならない。こいつの場合は魔術の発動における雑さ。焔の津波で俺を飲みこもうとしても穴を空けやすいところがあったり、使い切りだからと言って幻影の作り込みがルナより劣っていたり、そういうところだ）

ノアはまず【魔弾《ラ・マジーバル》】と同様に、魔力自体で結界を展開して絶対守護領域を設定していた。なにがあっても侵略されることは許されない。侵略＝即死という間合いのことだ。

そして内部の温度だけは必死の思いで維持し続ける。

バカ正直に全てを正面から防ぐ必要はない。

出力も総量も相手の方が優れているのだから、ノアはひたすら低コストの魔術で凌《しの》ぐ必要があったし、現にしている。

（相手はスペックが高いからこそ全ての攻撃を雑に撃っている！　なら、焔の追撃は手薄い部分を見極めて最小限のコストで受け流す！　風の魔術は火柱の内部にいることを逆手に取る。近場の温度を操作して、予め当たらないように意識！　雷の魔術も同じだ。強力ではあるが、あいつが扱う魔術としては線が細い。大方、俺に当たるまで跳躍という編曲《アレンジ》を施しているはず。だが、こちらも魔術で周辺の電位差を操作すれば、そもそも当たらない状況を作り出せる！　そして自然発生している爆発と、疑似的な火山雷についての対処も同様だ！　よし！　環境は完璧に整えた！　残り二〇秒！）

方針は明快だ。

だが、たった一つのミスでノアは死ぬ。その上、ノアにだって扱える魔力には限界がある。どれほど上手に凌いだところで、魔力切れに追い込まれたら当然詰みだ。

そのような地獄に放り込まれたのだ。生存環境の構築に成功したら脱出について考えるのが普通である。

「Le soi relatif et le monde! Il n'y a pas de pitié dans l'immensité du ciel, qui destine chaque《相対する我と世界　空の広さに慈悲はなく、それは遍く存在にあら》 être à la liberté et à la limitation avec des forces différentes! Et ainsi les cris des fous qui《ゆる力で自由と束縛を運命づけるゆえに光を目指して響き》 entrent dans le royaume de Dieu résonnent vers la lumière! Les gens résistent à la déraison,《渡る、反逆の詠唱、神の領域に踏み入る愚者の慟哭が　人々は理不尽な現実に》 souffrent, pleurent et continuent néanmoins à rêver de la gloire au-delà! Soyez conscients《抗い、苦しみ、嘆き、それでも進み続けてその先の栄光を夢想する　それが神では》 que c'est l'essence de ceux qui ne sont pas Dieu! L'immensité du ciel n'a pas de volonté, et《ない、縛られた者たちの本質と自覚せよ　空の広さに意思がなくとも、》 pourtant toute conscience crie comme si elle était emprisonnée, car elle y trouve un sens! Le《そこに意味を見出すゆえに、全ての意識は捕囚の如く叫んでいた　終》 fou ressent de la peur et de l'adoration pour la fin, et pourtant il chante son air de défi,《わることへの畏敬を胸に抱き、それでも刃向かうように唱を詠み、この瞬間、この場所で、》 écrasant l'infini à l'extrême!《無限を極限まで押し潰す》　【空駆ける愚者の祈り《エヌプリエ・クイ・トラヴェース・ル・シエル》】！」

長い唱《うた》を完全に詠《よ》みきって、ノアの魔術が発動した。

その瞬間――ノアとロベールの位置が入れ替わる。ノアは火柱の外へ、そしてロベールは魔術など関係なく、自然に爆発と疑似的な火山雷が連鎖する地獄に放り出された形だ。

「そもそも生存不可能な環境下で永遠に死に続けろ！」

魔術を使ってノアは緩やかに地面を冷やしながら着地する。

本来のプランとは違ったが、これでロベールが完全に死ぬならノアとして言うことはなにもない。

だが、勇者システムとは戦士を強化するためのモノだ。

そして戦士とは考えるまでもなく戦う者で、戦いはそこに命があって初めて成立する。

つまり――、

（…………ッ、正面から反応！　属性はわからないが光と仮定だ！）

光にしろ雷にしろ、照準があっていれば発動後に躱《かわ》すことは不可能。

肉体強化の魔術を全開にして、ノアは沸騰せずにわずかに残っていた岩石の上を跳躍し続ける。

そのおかげで、ノアは当たり前のように放たれた【絶光七色《ラバル・アン・シエル》】を間一髪で回避できた。

続いて地面を冷やして足場を作り、ノアは転がるように着地して、受け身を取ったのち立ち上がった。

「「――――化物め」」

両者の罵倒と共に、雷を含む火柱が瞬間的に消え失《う》せる。

そこから現れたのは軍服さえ汚れていないロベールだった。

雲に溜《た》まりに溜まった滝のような雨。彼が鬱陶しそうに手を払うと、ただそれだけで雨がやみ、分厚い雲が各地へ速やかに均《なら》される。

「お前、魔族を化物扱いされたくなかったらあの攻撃で死んでおけよ」

「――ふぅ、決して冷静さを失わず、やるべきことを厳選して、的確にそれをこなして、ただひたすらに守りに徹する。魔術師個人の力量にもよるが、それさえできれば誰であろうと短時間なら生存可能だ」

折角相手から軽口を言われたのだ。

ノアはそれに乗るついでに息を整える。

「そっちこそ、勇者の攻撃を喰《く》らったんだから、傷の一つぐらい付いていていいんじゃないか？」

「勇者システムは国営なんだぜ？　そもそも生存不可能な環境に入ったとシステムが判断した瞬間、ちゃんと自動で結界を展開するようにできてんだよ。もっとも、この結界を実際に出したのはたぶん、全ての敵の中でお前が初めてだ。割と素直に感心しているよ」

「お前に褒められても嬉《うれ》しくはないな」

「しかし、まぁ、残念なことに、体力気力はあるのに魔力はもう尽きそうだな」

ロベールはノアに憐憫《れんびん》の眼差《まなざ》しを向ける。

肉体強化の魔術は常に発動。敵の攻撃を受け流すためにはどれだけ効率的に魔術を使っても十重奏《デクテット》が基本。

今までロベールが繰り出してきた魔術の威力を考えれば、すでに魔力切れに陥っていても、なんらおかしくはないはずなのだ。

「疲れただろ？　苦しいだろ？　親切な俺が眠らせてやるよ！　詠唱零砕！　【燦爛緋色殺戮世界：灼熱以って焦土広げる情愛の大剣《モンド・デ・ラ・デストリュクシオン・パーヌ・グラン・イキャルレット》】！」

「チッ！　最上位魔術はそうポンポンと出していいモノじゃないんだがな！」

肉体強化の魔術を再度全開にして、ノアは後方に跳躍しながら【君臨する鋼の城壁《ロンパー・アン・アシエ》】を詠唱零砕して立て続けた。

魔術のストックはもう尽きかけている。魔力自体については言わずもがな。

ノアの見立てとしては残り三分程度で決着を付けないと敗北確定だった。

「詠唱零砕！」

（また背後で属性は……水の派生？　少しマズイぞ）

「――【涅槃静寂氷河世界：凍結以って生命眠らす清純の神鎧《モンド・デ・ラ・アニイラシオン・パーヌ・グラン・アンディゴ》】！　先ほどの環境とは相性が悪かったから封印していたが、焔と氷！　そして水蒸気爆発と蒸し焼きで肉片も残さず弾《はじ》け飛べ！」

（どちらにしろミスれば即死！　流体である分、突っ切るなら焔の方がまだマシだ！）

前方より襲いかかるのは高さ一〇メートルにも及ぶ灼熱《しゃくねつ》地獄。

後方より迫りくるのは灼熱地獄に匹敵する高さの氷結地獄。氷の最上位魔術はエルフの森に氷河を新生し続けて、地鳴りと共にノアのことを押し潰そうとしている。

ノアの認識において、一番危険なのは二つの地獄の間にい続けることだ。

「お前の氷を借りるぞ！　詠唱零砕【氷塊魔弾《ラバル・デ・グラス》】！」

瞬時に火力のムラを見極めて、ノアはそこに氷塊を連打し続ける。

特殊な仕様をなにも上乗せしていない独奏《ソロ》の【氷塊魔弾《ラバル・デ・グラス》】だが、今回は押し寄せる地獄を受け流すのではなく突破する必要がある。

となれば、自分から積極的に焔の内部で水蒸気爆発を起こし、少しでも安全な道筋を予め整えておく必要があった。

「――Je souhaite! Je prie! Je veux des jambes rapides,des bras forts et un esprit invincible!《我は祈る我は願う腕には強さを、脚には速さを、意志には敵を討ち往く気高さを》【英姿投影《ルゲニオンイデアル》】ッツ！　十五重奏《ペンタデクテット》オオオオオオオオオッッ！」

結界を展開したのち、少しでも早く駆け抜けるためノアはさらに肉体強化を発動した。

そしていざ、ノアは覚悟を決めて地獄の劫火の中を進み始める。

だがしかし――、
流石《さすが》にもう、ロベールからノアへの評価は改まっていた。

「――Le noble Roi de la Première Etoile teint tout dans le monde en blanc d'une lumière écrasante!!!《高貴なる宵の明星、其は森羅万象を純白に染め上げる》」

敵とはいえ、その実力に信頼が生まれていた。

あの男なら焔《ほのお》を突破しても不思議ではないという考えに至っていた。

「Coup de feu de lumière résonnant dans le ciel!!!《空に響き渡る光の銃声》 La vitesse de cette balle dépasse le vent et《この死滅の疾さは颶風と霹靂を超越し、》 le tonnerre et atteint le soleil et la lune!!!《遥か天空の太陽と月さえ狙い撃つ》」

先回りしておいて的確に殺す。キチンと考えて殺す。

威力も規模も削《そ》ぎ落とし、速度と精密さだけを追い求める。

「Le jugement incontestable de Dieu!!!《これこそ疑う余地なき神の裁き》 Je tire à mort à la vitesse de la lumière sur des《愛しき人々を守るため、愚かなる敵兵に》 ennemis stupides pour protéger mes proches!!!《光の疾さで極限の死滅を撃ち放つ》」

それに相応《ふさわ》しい魔術の詠唱を口にする。

焔からあの男が出てきた刹那、確実に倒せるように、射出口は三〇個ほど用意しておく。

空中に光の輪が浮かび上がり、それは音もなく回転を始めるのだった。

そして数秒後、焔の中からノアが姿を現した瞬間――ッッ、

「詠唱追憶ゥ！　【絶光七色《ラバル・アン・シエル》】！　三十重奏《トリアコンテット》オオオオオオオオオッッ！」

数多《あまた》の光線が焔を突破したばかりのノアの身体《からだ》を串刺しにする。

光線のいくつかは彼の頭と心臓付近を貫いている。

いかにノアが想像を絶する実力を持っていたとしても、所詮持っている命は一つだけ。

頭と心臓を貫かれて生きているわけがなく、ロベールは数年ぶりに戦いの勝利を実感し

た。

「アッハハハッハハハハッッ！　認めてやるよ！　確かに想像以上に強かった！　本当に強かった！　が！　結局は一回も俺を殺せなかったなァ！　まぁ、とはいえ悔しがる必要は――――」

興奮のあまり叫ぶロベール。

そんな彼の勝利宣言はたった一発の【魔弾《ラ・マジーバル》】によって中断される。

いかに勇者だろうと、死から甦《よみがえ》っている最中には受け身を取れない。ロベールは頭を丸ごと弾かれた衝撃で、首から下も一〇メートルほど吹き飛んだ。

「これで、本当にまずは一回だ」

「……バカな。お前、なんで……？」

「お前が撃ったのは幻影だ。幻影魔術の魔力消費量を使用中の【英姿投影《ルゲニオンイデアル》】と揃《そろ》えたから、自分で言うのも変な話だが、なかなか見分けは付かないぞ」

「それもあるけど、そうじゃねぇ……っ！　なぜ俺が先回りして待ち構えているとわかった⁉」

頭を再生させながら、ロベールは立ち上がってノアに叫ぶ。

「今まで散々、焔や雷、風や光で攻撃してきたヤツが急に氷の魔術を使ったんだぞ？　水蒸気爆発が狙いっていうのもウソとは思わないが――俺の進行方向を限定したいって思惑を疑わせるには充分なヒントだ」

平然とそう言うが、すでにノアの魔力は限界が近い。

折角ロベールが幻影に引っ掛かったのだ。その間に撤退しないのは本来、判断ミスのはずである。一〇〇〇回以上殺す必要があるなら、たった一回頭を吹き飛ばしたところでなんの意味もない。

「お前、マジですげぇよ。勇者には一〇〇〇を超える命があるが、たった一回殺すだけでも奇跡と言われているんだぜ？」

「奇跡なんかじゃない。一〇〇〇回も繰り返せれば、それは立派な戦術だ」

「アホかよ……。不意打ちにそう何度も当た――あ？　アァ⁉」

なんの前触れもなく、突如としてロベールは嘔吐《おうと》と共に一度死んだ。

口から胃液を垂れ流し、涙を零《こぼ》し、けれど一切の痛みを覚えることなく死から再生を始めている。

「テメェ……っ！　俺の身体になにを――んだァアアアアア⁉」

これにて死は三回目。

そしてどれほど優れた魔術師であっても、気絶中は魔術を使うことができないし、発動中に気絶すればその魔術は不発に終わる。

ロベールは今、魔術を使って反撃もできず、ただ死ぬだけの存在になり下がっていた。

かつての戦争で自分が殺してきた敵兵や女のように、立ち上がろうとしてもそれさえ中断され、地を這《は》ってノアのことを睨《にら》むだけ。

「一騎当千の勇者をバカ正直に真正面から一〇〇〇回も倒せるわけがないだろ。常識的に考えろよ。一回殺すだけでも俺は疲れた」

実際、ノアの言っていることは正しい。

だからこそ、ロベールは自身から逃げないノアのことをバカにしていたのだ。

「けど、闘技場でリリの話を聞いた瞬間、思い付いたことがある」

「なに⁉」

「勇者はどんな負傷からでも絶対に、完全に回復する。なら、生物として異常な回復力自体を死因にしてしまえばいい。そうすればお前という存在が完全に終わるまで、死と回復がループし続ける」

「ふ――　　っ、けるなァ……アアアアア！　アッ、おっ、うぇぇ……」

痛覚をオフにできたとしても生理的な現象までもオフにすることはできない。胃液がこみ上げたら吐き出すのが普通。

勇者がどれほど強力な存在だろうと生物であることに変わりはないのだ。それ以上でも以下でもない。

「それは机上の空論だ……っ！　魔術は、ゴホッッ！　うぇ！　万能じゃない！　目指すべき結果が――　アガッ！　おぇ！　あったとしても！　ゲホ！　うぇ……、はぁ……、その過程が明快でなければ！　新たな魔術を生み出すことは不可能だ！」

「魔術の理論としては正しいが、俺はそもそも新しい魔術なんて考案していない」

ちょうどそのタイミングで、ノアのコートのポケットの中からなにかが出てくる。それはロベールの目の前を横切り、彼の頬に止まった。

蜂だ。ノアが隷属の魔術で動かしている毒蜂だった。

その蜂は当たり前のようにロベールの頬を刺し、彼の体内に毒を送る。

「今回の戦いで初めて【魔弾《ラ・マジーバル》】を使って森から出た時、俺はすでに毒蜂を何体も隷属させていた。そして最上位魔術の三十重奏《トリアコンテット》を撃たれる前の会話中、その段階で俺はお前のことを密《ひそ》かに五回も刺していた。痛覚をオフにしているのが仇《あだ》になったな」

「ありえないありえないありえない！　ウソを吐《つ》くなぁ……アアアアア！　なにをどうしたら！　毒で――　と！　ゲボッ！　あぁぁぁ……っ、おっ、うぇぇ……、死と回復のループが出来上がるんだ⁉」

よほど現実を認めたくないのだろう。

会話の最中でもお構いなしに、何度も何度も死にながら、ロベールは地面から立ち上がることもできずに号泣している。

「初耳だろうが、蜂は直接毒で人やエルフを殺すんじゃない」

「ハァアアアア!?」

「正確には蜂の毒を排除しようとする免疫反応を過剰にして、その生物的な異常事態で人やエルフは死んでしまうんだ」

「…………っ！　解説ご苦労！　詠唱零砕《れいさい》！　【火炎魔弾《ラバル・デ・フラム》】！」

ノアの話をそこまで聞いて、ロベールは気力を振り絞り簡単な焔の魔術を自分に撃つ。

【魔弾《ラ・マジーバル》】と同様に、どれほど初歩的な魔術であろうと、魔力を込めれば人体を燃やしきるなど造作もない。

そして自分自身を焼き切ったのち、焔の中から全裸のロベールは再生した。

「バカめ！　お前の理屈が正しいなら、一度自分自身を焼き切って、肉体の状態をリセットすればいい！　そうすれば――――うぽぇぇぇぇッツ！　おぇ！」

立ち上がろうとしたが、ロベールはすぐに再度、死んでしまう。

全裸で地に伏す彼の背中では大きな十字架の刻印が赤く光っていた。悪趣味なことこの上ないが、これが勇者システムの恩恵を得られる勇者の証《あかし》なのだろう。

「蜂の毒は人やエルフの免疫反応を過剰にする。では、過剰に反応している部位は誰の一部だ？　お前の一部だろう？　どんな方法で肉体を消そうが関係ない。その部位がお前の一部である以上、再生はそこを含めて行われるのが自然な流れ。端的に言うとお前は今、死因さえもが再生の対象になっているんだ」

　完全な詰み。

　ロベールに残されている道はもはや一つ。自ら勇者システムとの接続を切って、少しでも苦しむ時間を減らして死ぬ道しか存在していない。

「ウソだウソだウ――――　おっぇエエエ……っ、ゲホ！　ゴホっ！　た、助かる道は？　助かる道はないんですか？」

「ない。それどころか、回復という行為自体が死因なんだ。となると、回復すればするだけループの間隔が狭まっていっても不思議ではない。それに――」

　ノアがそこまで言った瞬間、全裸になってしまったロベールの背中に蜂が止まる。

　オフにしていたのは痛覚だけだ。ロベールは身体の上で蜂が歩く感覚に恐怖した。

「俺はなにも無意味にここに立ち続けて、お前とお喋《しゃべ》りしているわけじゃない」

「はへ……？」

「お前が真実の死に辿《たど》り着く前に、毒を体内から駆逐し終えて、回復に区切りをつけられるわけにはいかないからな。だからお前という存在が完全に終わるまで、俺は随時毒を注入し続ける」

「い――――――――――ぁ、だぁ……。助――――――――――。はぁ……、はぁ……、俺は勇――――――――――ぞ？　おぇぇ……、あ、……ハァ、死因が……、虫刺されなんて……、ふざ……け……るな……ァァ！　死に――――――――――ハッ！　ハァ！　死にたく、ない……。死にたくないぃぃぃぃ…………っ！」

「自分の存在を生物として特別視しすぎたな。人もエルフも、俺たち吸血鬼も、毒を持つ虫に刺されたら、死んだところでなにもおかしくはないんだよ」

「おか――――――――――い！　ハァ！　おかしいだろオオオオオオオオッ！　虫刺されだぞ⁉　一騎当千の勇者が、アンジュフォール公爵領最強の男が、虫刺されなんかで死ぬ――――――――――ッ！　アッアアアアア！　うあああああああああ……っっ！」

もうすでに、随分とループの間隔は狭まっている。このままだと本当に、一秒で一〇回も死んでしまう状況に陥るだろう。

まるで子どもが遊んでいる電球のように、ロベールの意識と視界は明滅を繰り返す。思考と呼べるモノはすでにできず、口から溢《あふ》れ出る言葉は完全に感情由来のモノだった。

「上から与えられた権能を行使するだけなら仕事だが、お前は戦争で女性を犯し、他にもいろいろしていたんだろう？　なら、それが命を愚弄し続けたお前への罰だ。自分の罪を懺悔《ざんげ》しながら、真実の死に辿り着くまでもがき苦しめ」

十一章　……お兄ちゃん、昨夜は楽しかったですか？

「ほら、お兄ちゃんはキチンと生きて帰ってきましたよ」

「ノア！　ノアノアノア～～～っっ！」

「リリ!?」

次の旅に出るにしても、ルナの本体が入っているトランクを置いていくわけにはいかない。

そのため、ノアは一度だけアンジュフォール公爵の屋敷《やしき》に戻ることにした。しかし帰還早々、エントランスで待っていたリリに勢いよく抱き着かれる。

胸が強く押し当てられているが、泣きじゃくっていて冷静さを失っているリリにそれを気にする余裕はない。

一方で、ノアは今さら彼女のことを抱き返すことはしなかった。ありとあらゆる意味で攻略は終わっている。これ以上の勘違いはさせる意味がない。

「お兄ちゃん、安心してください。人払いはリリさんが済ませています」

「公爵は？」

「出かけました。恐らく都庁か天罰代理執行軍の駐屯地のどちらかでしょう」

ノアと、彼に思いっきり抱き着くリリ。

二人のことを少し遠くで見ていたルナはやたら平坦《へいたん》な声音でそう言った。羨ましかったのだ、泣きながらノアに抱き着くことができるリリのことが。

「ちょっとノア！　アタシが抱き着いているのにノーリアクション⁉」

「…………なんでしょうか、リリお嬢様」

「〜〜〜っ！」

意図的にノアがリリへの呼び方を元に戻した。

結果、次の瞬間にはビンタが飛んできた。ノアは躱《かわ》すこともなくそれを受ける。

「…………なによ」

「…………」

「なによなによ！　なによ、その呼び方は⁉　なんで勝手に全てを終わらせた気になってんのよ⁉　いつもみたいにリリって呼びなさいよ！　アタシはまだ、なににも納得していない！　ちゃんとアタシに話してよ！　ノアがアタシの話をずっとずっと聞いてくれたように、アタシもノアの話を最後まで聞くわ！」

「その気持ちは嬉《うれ》しい。でもさっきも言ったけど……どのような事情があれ、女の子の心を弄ぶのは悪人のすることだ。弁明の権利はない」

「アタシはそんなこと望んでいない！　悪人として誠意を見せるんだったら、ちゃんとアタシが望んでいることをして！　ノアのことを……っ、～～～っっ、好きな相手のことを！　ちゃんと最後まで知りたいのよ！　許すか許さないかは全てを聞いたあとで決めるわ！　これは権利じゃなくて義務よ！　命令！　命令なんだから！」

「それは……そのとおり、か」

リリは再度、ノアの胸に飛び込んで、今度は背中に腕を回すのではなく、彼の服を両手で目一杯摑《つか》んだ。まるで絶対に離さないと言わんばかりに。

晴天のように澄み渡っている綺麗《きれい》な蒼《あお》い瞳。涙でそれを潤ませながら、リリはノアのことを上目遣いで睨み付ける。

そして、ルナも複雑そうな瞳で二人のことを見守っていた。

好きな相手に抱き着けるリリのことが羨ましいし、それが自身にとっても最愛の兄であるなら尚更《なおさら》だ。正直、リリのことは貴族であることを差し引いても自立できていない女の子と思っていたし、そんな彼女に兄を取られたくはない。

だが、決してリリの気持ちがわからないわけではない。

自分だって、ノアにはもっともっと頼りにしてほしいという想《おも》いがあるのだから。

「——お兄ちゃん、リリさんと最後まで話してください」

「……ルナはそれでいいのか？」

「はい、わたしだってお兄ちゃんに秘密を作られたら寂しいし、つらいです。リリさんも今、同じ気持ちだと思います」

「わかった。なら……」

「…………ぐすっ、使用人に怪しまれたらいけないわ。ご飯を食べてお風呂《ふろ》も済ませたあと、アタシの部屋にきて」

◇◆◇◆

およそ二時間後、ノアは言われた通りにリリの部屋の前にやってきた。

アンドレは未《いま》だに帰宅していなかったが、予《あらかじ》め使用人に指示を出していたのだろう。

夕食はノアとルナの分まで用意されていたし、浴場の準備もバッチリだった。

ここから先はノアの推測だと説教タイム。覚悟を決めて、ノアは部屋のドアをノックする。

「リリ、きたよ」

「～～～んっ、えぇ、入って、いいわよ」

ノアはドアを開けてリリの自室に入る。

少し視線を動かすと、パジャマ姿のリリはベッドの上で体育座りをしていた。少し気まずそうに両脚をモジモジしていて、入浴後ということもあり頬はほんのり赤らんでいる。

「……なんで立ったままなのよ？」

「……どこに座ればいいのかな、って」

「だったら、ほら。アタシの隣に座りなさい」

「――――えっ？」

「座りなさい。命令よ。誠意を見せてくれるんじゃなかったの？」

「…………はい」

実際、ノアは誠意を見せるためにここまでやってきたのだ。リリの言っていることは間違いではない。

とはいえ、二人の男女がベッドの上で並んで座ろうとしているのだ。説教を喰《く》らうつもりのノアは（こんな時に自分にだけ都合のいいことを考えたらダメだ……）と頭を振ったが、一度想像したことが消えることはない。微妙に足を震わせながら、リリのベッドまで辿り着いた。

「……失礼します」

「……ど、どうぞ」

改めてリリの許可を得て、ノアはベッドに上がり、彼女の隣に腰を下ろす。

やはり入浴後だからだろう。リリから華やかでやわらかい香りが漂ってくる。この状況で意識してはならないと思いつつも、ノアの心臓は早鐘を打つ。

赤らんでいてもなお、白くて瑞々《みずみず》しい果実のような肌。

潤んでいる蒼い瞳に、いつもより艶っぽい金色の長髪。

宝石のように輝いて見える美少女がベッドの上で隣に座っているのだ。どれほど自制しようが意識しないのは無理だった。

「まず……ゴメンなさい。俺はリリにウソを吐《つ》いた。リリの心を蔑《ないがし》ろにした」

「……最初に謝るのは大切だと思うわ。でもダメ。まだ許さない」

しかしそう言った上で、リリはノアの手を握った。

言葉と行動が噛《か》み合っていない。

「アタシの方にも、ね？　最初にノアに言っておきたいことがあるのよ」

「うん、なんでも受け入れるよ」

「さっきの話の続きだけど……アタシが話を聞くって言ったんだから、弁明の権利はないとか、そういうこと、言わないで。反省しているつもりかもしれないけど、寂しいわよ」

ノアの存在を、温《ぬく》もりを確かめるように、リリは自分の指と彼の指を絡《から》めた。

恋人繋《つな》ぎと言われるような繋ぎ方をして、リリはその手に力を込める。

「結局、ルナちゃんに後押しされてここにきた形じゃない？　いい？　アタシはまだ、ノアとルナちゃんがどんな人生を歩んできたのかは知らない。他人を簡単に信じられない生活を送ってきたのかもしれない。でも、話を聞くって言われたら、素直に話して」

「次からは……気を付けるよ。ありがとう、そう言ってくれて」

「次からじゃないわ！　今からよ！　全然わかってないじゃない！」

「あ痛いたいたいたいたいっ⁉」

咎《とが》めるように、リリはさらにノアと繋いでいる手に力を込めた。

いくら勇者を倒せるほどの実力者だったとしても、魔術を使っていなければこれでも痛い。

「リリは、さ」

「うん」

「俺のこと、怖くない？　無理して隣にい続けているわけじゃないよな？」

「不安なの？」

「……正体がバレた以上は当然の疑問だ」

「バカね。今、こうしてノアの隣に座っている。そして手を繋いでいる。それが答えじゃない」

その上で、リリはノアの身体《からだ》に寄りかかった。

「…………俺はただの魔族ってだけじゃなく、元敵国の王子で、勇者を倒した男だ。俺はもう感覚が完全に麻痺《まひ》しているけど、人殺しは本来、忌《い》み嫌われる重罪だ」

「別にノアが戦争を起こしたわけじゃないでしょう？　それに勇者だって、ノアの命を狙っていた。確かに人を殺すのはよくないことだけれど、勇者が相手なら正当防衛よ。中途半端《ちゅうとはんぱ》に情けをかけたら絶対に追ってくるわ」

それにリリは勇者システムの真相を知ってしまった。

必然的に、国を守る勇者の代替わりが容易ということも理解している。

「……思ったより冷静だね」

「むっ、アタシは衝動的なだけでバカじゃないのよ！　ノアがくるまで、考えていたわ。吸血鬼とか、勇者を倒したとか、そういう余計な情報を全部削って、アタシはノアのなにが許せないんだろうって！　ほら、そろそろ本題に入りなさい」

「あっ、はい」

流石《さすが》にここまできて話さないという選択は存在しない。ノアは静かに話し始めた。

「まず、ルナは三年前の戦争で植物状態になっているんだ。普段、リリがルナとして認識していたあれは幻で、リリが感知したことのある魔力反応は肉体強化のモノではなく、幻影魔術によるモノだったんだ。ルナの本体は今、トランクの中に入っている」

「そう、だったのね」

「幸いにも魔術を使えたから自分の存在を演出できている。でも実際は本当の意味でなにかを食べたり飲んだりできる状態じゃなくて、触れても、なにも感じないらしくて……」

「うん」

「だから俺は生活の維持に成功したあと、ルナの身体をもとに戻す方法を考えた。身分を偽って冒険者ギルドに入ったが、そもそも俺たちには生存権すらない。今はまだ俺が守れるけど、これから先がどうなるかはわからないんだ。魔力切れ＝暗闇の中でいつなにをされてもおかしくないって状況から、一秒でも早く、魔力に頼らない方法で解放してあげたい」

「あっ、吸血鬼のスキルって……」

「そう、血を吸った相手の生物的な特徴を少し奪うスキルだ。仮に獣人から吸えば身体能力がいくらか向上するし、エルフから吸えば、多義的な言葉だけど生命力が向上する」

「でも、ノアはそこで誰かを襲うって選択をしなかったのよね？」

「そうだけど……大前提として、種族スキルは遺伝の対象だ。つまり過剰な近親婚をしない限り、配偶者の選択肢に恵まれている高位の貴族ほど色濃く子孫に表れる。そして残念ながら、同一の種族に対する吸血は回数を重ねるごとに効果が半減し続けてしまうんだ」

「うんうん」

「それと……っ」

ふと、ノアの言葉が詰まる。ここから先の情報は本当に余計な情報だからだ。

だが、リリが黙秘を認めるわけがない。ノアの様子を察していたが、その上で続きを促す。

「なによ？　ここまで話したんだし、もう全部話しちゃいなさいよ」

「お……怒らないで聞いてくれる？」

「……今の話はまだ過去編でしょ？　いったいどんな……あっ、いえ、怒らないわ。怒らないって約束するから続けてちょうだい」

リリはなぜか嫌な予感を覚えたが、話を最後まで聞くと言ったのは自分だということを思い出す。しかも消極的な相手を説得した上で、だ。

一方でノアも本当に全てを話すのは気が引けたが、リリは最後まで聞くと言ったのだ。素直に話してと言ってくれたのだ。そして気を付けると言った以上、ノアはそのとおりにしようと考える。

「それと……」

「え、えぇ……」

「吸血鬼にとって一番価値が高いのは発情、あるいはそれに近い状態の異性の血なんだ」

それを聞いた瞬間、リリは一度、ノアと手を離す。

続いてやたら大きい枕でノアのことを叩《たた》き始めた。ボフボフという間抜けな音が部屋に響く。

「エッチ！　変態！　なによその特性！　流石にウソでしょ⁉」

「痛くはないけどやめてやめて！　あとで調べていいから！」

リリを突き飛ばすわけにはいかない。ノアは抵抗することなくやめてと言うだけ。

だが、リリの攻撃はノアがベッドに倒れるまで続いた。

そしてそのまま、リリはノアに覆《おお》い被《かぶ》さる。たとえノアが相手だと意味がないとわかっていても、彼の両腕を両手で押さえる形で、だ。

「――――リリ？」

「――それで、血がほしいから、アタシに近付いたのね？」

「――そうだ」

リリの表情は真面目そのもの。ゆえに、ノアも誤魔化すことなく罪を認めた。

「改めて……申し訳ございませんでした。俺は自分の目的のためにリリを利用した。最終的に助けたけど、リリが犯罪組織に誘拐されるように仕組んだのは俺なんだ」

「～～～ッッ、話を聞いて、薄々そんな気はしたわ……ッ！　もう一回ビンタされる覚悟ぐらいできているわよね？」

「とても残酷なことをしたんだ。何発叩かれても文句は言えない」

「……ねぇ？　なんで逃げないの？　ノアなら簡単でしょ？」

「罪に罰が待ち受けているのは当然だ。妹のために死ぬことだけはできない。でも、包丁で刺されたとしても不思議じゃないことを俺はしたんだ。普通に考えて、許されるとは思っていない。事情を話す機会を与えられただけでも恵まれているよ」

「そうよ……っ！　許されるわけがないわ……っ！　折角自分の話をちゃんと聞いてくれる相手と巡り会えて！　その相手と両想いになれたと思ったのに！　本当の本当に、アタシはノアのことが好きだったのに！　大好きだったのに！　実はアタシが一人で舞い上がっていただけなんて、～～～っ、バカみたいじゃない！」

ついに、リリは泣き始めてしまった。

大粒の涙がボロボロと零《こぼ》れ始めて、落ちて、ノアの頬を湿らせていく。

「目を瞑《つぶ》って歯を喰いしばりなさい！　本気で叩くわ！　何度だって！」

「……わかった」

ノアが目を瞑ると、早速一発飛んできた。

肉体強化の魔術なんて使わず、ノアはそれを素の肉体で受け止める。普通に痛いが、彼がそれを声に出すことはなかった。

一発目の躊躇《ためら》いのなさを考えると、二発目もすぐに飛んでくるだろう。

ノアはそう考えていたが……二発目はなかなか飛んでこない。違和感を覚え、彼はゆっくりと目を開けた。

そこにあったリリの表情は叩かれたノアよりも痛々しくて、苦しそうである。

「……リリ？」

「……なんで、抵抗しないのよ？」

「……リリに対して、罪悪感があるからだ。出会いは俺が仕組んだモノだけど、一ヶ月以上も毎日一緒にいて仲良くなった相手を泣かせて、申し訳ないと思う気持ちが俺にもあるからだ」

答えを聞いて、リリはそれがウソではないと思った。

そして、だからこそリリの手はさらに震えた。

「リリの方こそ、なんでもっと俺のことを殴らない？」

「……それ、本気で訊《き》いてるの？」

「えっ？」

確かに本気で訊いていた。ノアとしては当然の疑問だった。

彼のリアクションで本心からの問いかけだと察したリリ。彼女はそれをキッカケにさらに涙を流して声を荒らげる。

「好きだからよ！　好きだから何回も叩けないの！　叩くとアタシの方がつらいのよ！」

「……好き？　俺を？」

「そうよ！　他に誰がここにいるの!?　ノアの話を聞いて、感情がぐちゃぐちゃよ！　前半は素直に大変だったのねって思ったのに、後半で一気に最低なこと言われて、ふざけんなって思ったわ！　だから叩いた！　でもノアは抵抗しなくて……たったそれだけでもう、手が、動かなくなったのよ」

何度も何度も何度も何度も、手ではなく、涙がノアの頬を打つ。

リリの叫びはすでに湿り気を帯びた涙声になっていた。

「話を全部聞いても、アタシはノアのことが好き……。大好き……。自分でも、意味わからないわ……」

切なそうにそう言われてしまうと、ノアはもう、なにも言うことができなくなる。

この旅は自分のエゴを満たすための旅。妹を救いたい自分のための計画。だからこそ、真実を知ってなお、自分のことを好いてくれる女の子の存在なんて、一切考慮してこなかった。

「……ねぇ、ノア、教えてよ。……さっき、アタシの隣にいてくれる理由を言葉にしてくれたでしょ？」

「──そう、だね」

「……あれもウソなの？　……アタシが喜びそうなことを、適当に言っただけなの？」

「っ、違う」

ノアは上半身を起こし、リリの両肩を摑《つか》んで彼女の身体を自分から遠ざける。

そしてどれだけ気まずかったとしても、リリと目をあわせて話し続けた。

「俺のことがもう信用できないのは仕方がない。でも、計画が失敗に終わった以上、隠す意味もないから素直に言う。あれは俺の本音だし、そしてそれ以上に、リリに大切にしてほしいと思ったところなんだ。俺たちみたいなヤツと別れたあとでも、そこだけは忘れないでいてほしいと思ったリリの長所だったんだ」

リリに問われて、ノアはハッとしたのだ。

自分は殴られて、罵倒されて然《しか》るべき存在だ。

だが、ここだけは誤解させておくわけにはいかない。妹を救いたいという気持ちを最優先しているだけで、自分たちがいなくなったあとでも、リリには一人で外の世界を歩いてほしいという気持ちも、キチンとあるのだから。

外の世界への憧れを支えるリリの芯。図々《ずうずう》しいことこの上ないが、そこだけは折れてほしくなかったのだ。

「なら……他は？」

「他？」

手の甲で涙を拭いながら、切実そうな声音でリリは訊く。

ノアだけではなく、自分にとっても都合がいい展開にすがるように。

「アタシたちは別に、その話だけをしてきたわけじゃない。街を巡って、家では勉強をして、明るい話も、真面目な話も、たくさんしてきたはずよ。ノアがアタシを騙《だま》していたってことはわかったけど……ノアと過ごしてきた時間が全部ウソだなんて、アタシ、そんなのイヤ」

「……確かに都合の悪いことを隠していた。一番大切なことを言わなかった。リリに対して思っていることの中で、優しい言葉だけを切り取った。でも……いや、だからこそ、表に出した言葉は全部、俺の本音だよ」

「――――ホント、に？」

ノアがリリから目を逸《そ》らさなかったように、リリもまた、潤んだ瞳をノアに向けて問い返す。

とはいえ、もはやその確認に意味はない。リリはもう、内心で、信じたいことを信じると決めていたのだから。

「あぁ、そっちの方が逆に質《たち》が悪いって言われたら反論なんてできないけど――」

「～～～っ、えぇ、まったくもって、そのとおりよ」

「――でも、俺がリリに言ってきた言葉は全部本心からのモノだ。本当かどうかを問われたら、俺は本当だって答えるよ」

「――ホントに、ホント？」

「あぁ、たとえ信じてくれなかったとしても、俺はそう言う。言い続ける」

目を逸らさずノアに言われて、問いただしている方のリリが先に俯《うつむ》いた。

そして自分の恋愛脳にちょっとした笑いさえこみ上げてきた。

常識的に考えて、ノアを信じることはありえない。

吸血鬼の元王子が、貴族である自分の乙女心につけ込んだのだ。

金銭を奪うつもりだけは本当にないらしいが、それでも、自分を恋に落とすだけ落として、血を奪ったら去るつもりだったのだ。

しかもその方法も最悪だ。初手の時点で誘拐事件を未然に防いだ英雄を自作自演。自分にとっては特別な外出に同伴できるよう、騎士《ナイト》として名乗りを上げて、最終的に悩みの解決自体はキチンとしてくれた。

本人が言うように、言葉を厳選しただけで、ウソを吐《つ》いていないというのが逆に悪質と言えるだろう。

ズルイズルイズルイ。

今になって全てを明かすのがズルすぎる。この暴露が一週間前だったら――、

(いや、一週間前はもう、この部屋で勉強会をしていたわね)

――ならば、二週間前とかだったら、答えは変わっていたかもしれないのに。

間違いなくタイミング次第で、どう転ぶかわからない話のはずなのに。

なぜ今なのか？

ノアのことを好きになって、自覚もできて、想《おも》いを言葉にしたあとなのか？

「アタシって、本当に色ボケなのね」

「──────えっ？」

「傍《はた》から見たらノアを信じるなんてありえないって、頭では、わかっている。でも、好きな相手のことは、信じたいの。信じてほしいって言われたら、たったそれだけで、信じられちゃうの」

そう言いながら、リリはノアの首に腕を回す。

そしてノアの身体《からだ》を自分の方に寄せたが、キチンと受け止める気はないようだ。二人はそのままベッドの上に倒れ込む。姿勢だけを見れば、ノアがリリを押し倒したような形である。

「ねぇ、ノア、お願い」

未《いま》だに瞳は涙で潤んでいる。

だが、甘えるような声でリリはノアに呼びかけた。

一方で、ノアもそれに応えることを心に決めた。悪人として誠意を見せるんだったら、ちゃんとアタシが望んでいることをして、と。話を聞くって言われたら、素直に話して、と。そう言われたばかりである。

それに対して自分も、気を付けると答えたばかりなのだ。

「信じてほしい。俺は吸血鬼で、妹を救いたいってエゴのために、リリの血を吸おうとした。けど、リリと過ごした日々は俺だって楽しかった。口にした言葉は全部本心からのモノだ。そして、俺はリリの自分の足で世界を見て回ろうとする姿が好きだ」

「――うん、信じるし、許すわ。アタシの優しさに感謝しなさい」

ふと、リリはノアの頬を両手で包んだ。

そしてノアの顔を自分の方へ持ってきて――、

「――っ」

「――ん♡」

――そのままファーストキスを捧《ささ》げてしまう。

自分で自分のことをチョロいなぁ、と。そう思ったが、今、生まれてから一番幸せなのもまた事実。リリはもう、ノアのことを完全に許す気になっていた。

「貴族令嬢のファーストキスよ。それを捧げたんだから、光栄に思うことね」

「ならこっちも正直に言うけど、今のは元王子様のファーストキスだ」

「ふぇ⁉　アタシがノアの初めての相手ってこと⁉」

「そういうこと」

「へ〜〜、ふ〜〜ん、えへへ〜〜、悪い気はしないわね」

ニヤニヤしながら、リリはノアのことを抱きしめる。

吸血鬼が血を吸うことも、エルフが耳元で囁《ささや》かれることも、どちらも簡単な距離だ。

「アタシの血、ほしいんでしょ？」

「え？　そりゃ、流石《さすが》に……」

「でも、まだアタシ、血が完全に美味《おい》しくなっていないはずよ。どうせなら、一番美味しい瞬間の血を吸ってほしいわ」

顔を真っ赤にしながら、リリはノアの耳元でそう囁いた。

恥ずかしいから直接的な言葉を避けているだけで、つまりはそういうこと。

ノアたちがいつアンジュフォール領を発《た》つのかリリにはわからない。が、ルナのことを考えると、いつかは旅を再開することだけは確定している。

ならばせめてその前に、リリはノアとしたいことを、キチンと二人でしておきたいと考えた。

恥ずかしい気持ちはリリにもある。しかしそれ以上に、ノアに対する好きという気持ちが強い。

だから――、

「ノア、好き、大好き。ノアもアタシが好きだって、アタシの耳元で囁いて♡」

エピローグ

「もう行くの？」

「結局、あれから一週間追加して滞在させてもらったからね」

「すぐにいなくなっちゃうと、お兄ちゃんが勇者を倒したのかって疑われてしまいますからね」

「そうだな。そう言われると戦いの翌日、アンジュフォール公爵が俺の顔を見て、生きているならノア君は無関係だなって言ったのを思い出すよ」

「それ、お父様はなにも悪くないわよ。勇者相手に勝ててしまうノアがおかしいだけよ」

「ゴメンなさい、お兄ちゃん。今回はリリさんの方が正しいと思います」

ノア、リリ、ルナの三人は屋敷《やしき》の入口に集まって話していた。

勇者の戦闘規模が常軌を逸していたことで多忙を極め、見送りが難しいアンドレにはすでに挨拶をすませてある。

「なにはともあれ、アタシの個人的な感情としては、ノアが疑われなくてよかったわ」

「恐らく、勇者は情報の共有をしていなかったんだろうな。一人でも戦力的に充分っていうのは普通なら間違いじゃないし、下手に誰かを巻き込むと、勇者システムの秘密がバレるかもしれないと考えたんだろう」

「吸血鬼としてはシステムの負の側面でわたしたちを取り逃すことを、自業自得《じごうじとく》だとしか思いませんけどね」

いろいろと思うところがあるが、現時点において、ノアとルナは勇者システムの完全な破壊は非現実的だと考えた。

これからの旅が、どうなるのかは二人にはわからない。

また勇者が現れることがあるかもしれないし、計画とは無関係な戦いに発展することもあるのかもしれない。

それらを避けるためには勇者を倒すのではなく、勇者を生み出すシステム自体を破壊すべきだが……その本体がどこにあるのかもわからないし、仮に本拠地が判明したとしてもそこには大量の警備兵がいるはずだ。

もしかしたら旅の成り行きで勇者システムの完全破壊を目指すことになる可能性はあるが——やはり、旅の一番の目的がルナの救済であることに変わりはない。

「次はどこに行くとか、予定はあるの？」

「強い種族スキルを持っているのは爵位が高い貴族の血筋。ここから一番近い他の公爵領はノートルダムラムル領だから、とりあえずはそこかなぁ」

「海沿いの獣人が多い領地ね。ノアと年が近い子にレティシア・ノートルダムラムルってケットシーがいるわ」

そう言いながら、リリはそのレティシアについて思い返す。

ルナと同じぐらい小さい背丈と慎ましやかな胸。

亜麻色の髪と、やはり同じく亜麻色のネコ耳と尻尾。

自分が来訪してもベッドの上でゴロゴロし続け、部屋の中でできる遊びに誘えば「この本、オススメ」と本を渡してそれっきりなぐーたら娘のことを。

「そっか、当たり前だけど、リリなら相手を具体的に知っていてもおかしくないのか」

「リリさん、その子は具体的にどのような子なんですか?」

「顔見知り程度であまり親しくはないのだけれど……性格がアタシと正反対ね。外出が嫌いで、特にベッドに引きこもるのが大好き。朝から晩までず〜っと本を読んでも苦に思わないらしいけれど、ほんの一瞬でも読書の邪魔をされるとすごくイヤそうな目で睨んでくるわ」

「そんな子とどこで顔見知りになったの⁉」

ノアもリリが友達という言葉を使わずに、意図的に顔見知りと言っているのは察している。

しかし、だとしてもリリとその子が顔見知りになることとさえ信じられない。果たしてどのような巡り合いがあったのだろうか……。

「一応、アタシって完全に外出が禁止されていたわけじゃなくて、お父様が一緒だったけれど、貴族のパーティーには行けたのよ。ノートルダムラムル領でパーティーがあった時は泊りがけで、そこで親同士が娘を紹介し合った感じね」

「相性的に地獄みたいな空気じゃなかった？」

「向こうは気にしていなかったわ。それでアタシはお父様たちの話が終わるまで、レティシアの部屋で、なぜかエステルさんっていうクーシーの使用人とトランプをしていたわ」

「相性関係なく地獄みたいな空気じゃなかった？」

「ええ、このアタシが早く屋敷に帰りたいと思うほどの空気だったわ」

確かにリリは落ち着きのない気質だが、他者と積極的に関わろうとする意志がある。

そう考えるとレティシアに接触する場合、今回の攻略以上に何度も難しいシチュエーションを迫られることになるのだろう。

「ありがとう、リリ。参考にするよ」

「ちょっと待ちなさい！　話の流れでレティシアのことを教えたけれど、別に彼女を恋に落とす助けになりたくて教えたわけじゃないからね！」

「大丈夫、そこは理解しているよ。俺が勝手に参考にするだけだ」

「……なおのこと質《たち》が悪くないかしら？」

そこでふと、リリは別の街に辿《たど》り着いたノアの姿を想像した。

旅の目的とそれを果たす手段を考えれば当然だが、他の街でもノアは絶対に女の子を恋に落とす。

前々からわかっていたことだが、いざ別れが近くなってきて、リリの胸には急にモヤモヤが広がり始める。

「ノア、ちょっとこっちに来て」

「どうし――――んっ!?」

「――――ん、ちゅ」

「ふわぁ!?　リリさん！　わたしもいるのになにしているんですか!?」

リリはノアに旅立ち前、最後のキスをした。

ルナもいたが、リリとしてはこれでよし。自分で自分をチョロいと思いながら、早くも胸のモヤモヤが晴れたのを自覚する。

「なにって、お別れのキス——いえ、行ってらっしゃいのキスよ」

「お兄ちゃんの妹であるわたしも見ているんですが？」

「いいじゃない。この国は一夫多妻制なんだし、ノアがこれから先、どんどん女タラシになったとしても、アタシはノアと結婚したいわ。もしそうなったら、ルナちゃんはアタシの義妹《いもうと》ってことにもなるでしょ」

「そ……そうですか、そうですか。少し変わり始めたとはいえ、まだ自分ではなにもできないお嬢さんが結婚の話をするんですか」

「えっ？　ルナ、ちゃん？」

「ルナのことだから黙っていたが、それも明かすのか……」

やはりルナとしては最愛の兄と結ばれたリリを好ましく思っていないのだろう。

最後の最後にリリにイジワルをすべく、ルナは幻影魔術でとある女性の姿を自身の隣に形作った。

「クロエ⁉　えっ？　なんでルナちゃんがクロエの幻影を……あっ」

「はい、これはわたしの二つ目の姿です」

「ってことはクロエの悪口って、全部ルナちゃんが……」

「普段言わない言葉ばかりでしたので、ついつい言い過ぎちゃいました」

ノアのことは信じると決めたリリだったが、ルナについては信じられないと思った。

この妹は自分の想像よりも遥《はる》かに兄のことが大好きで、自分のことが嫌いなのだ、と。

兄のことを異性として愛していてもおかしくはない、と。

「次に会う時はもう少し、自分でなにかできるようになっていてくださいね、お嬢さん」

（この子……っ！　絶対にこっちが本性でしょ！　アタシが相手でも普通に喋《しゃべ》れるようになっているし！）

ある意味、ノアに騙《だま》された時よりリリの心は荒ぶっている。

初めて見た時は可愛《かわい》らしい子ね、なんて思っていたが、その実態はとんでもないぶりっ子だった。

「話し方、随分と変わったわね」

「相手との関係や、それをどうしたいかによって話し方を変える。それっておかしなことですか？」

珍しくリリが遠回しに圧をかけても、ルナは意に介した様子もなくキョトンと答えた。

従来のイメージ通りなら、間違いなく兄の陰に隠れて怖がっているはずなのに。

「それじゃあ俺たちはもう行くけど——リリ」

「ん？　なぁに、ノア？」

リリもリリで、ノアを相手にワントーン高い声音で訊《き》き返した。

「改めて、ありがとう。許してくれて、しかもその上で、血まで吸わせてくれて」

「好きな男の子にお願いされたから特別よ！　もっともっと感謝してちょうだい！」

「そうだね、感謝してもしきれないよ」

実際、それはその通りだ。

リリがノアたちの正体を父親に告げ口すれば、その瞬間、ノアたちは一気にお尋ね者になるのだから。

「また必ずここに戻ってくるし、その時は必ず、リリに顔を見せるよ」

「当然よ！　アタシに顔を見せないでなにしにここに戻ってくるつもり？」

「冒険者としての依頼じゃないですかね？」

「ルナちゃんの指摘はスルーするとして、約束だからね、ノア」

「もちろん、約束だ」

こうして、ルナの本体が入ったトランクを片手にノアとルナは次の街へ、獣人の街、ノートルダムラムル領へ向かい歩き始めた。

「行ってきます、リリ」

「ノア！　行ってらっしゃい！」

あとがき

本当に久しぶりの新作を出せることになりました。

しかも現代を舞台にしたラブコメではなく異世界ラブコメです。一度は書いてみたかったジャンルですので、実際に書けてとても嬉《うれ》しく思います。

そんな初めての異世界ラブコメを読んでくださった読者の皆さん、本当にありがとうございます。

引き続き頑張ってまいりますので、応援のほど、よろしくお願いいたします。


さて、嬉しいと言えば、私が小説家になってもう一〇年が経《た》って……ません。

このあとがきはカバー袖の著者プロフィールよりもあとに書いているのですが……私のデビュー作が一月二〇日《はつか》に発売したのに対し、本作は一月一八日に発売することになりました。ジャスト記念日に新作とは？

とはいえ本当にほぼ一〇年です。精神的にも身体的にもアレな空白期間が三年ほどありましたが、人生の三分の一の時間をラノベ作家でい続けているわけです。振り返れば遠くまできたものです。


そして私ももう三〇歳。二〇代の頃よりもさらに健康に気を遣わなくてはなりません。人生＝終活という、友人に過激と言われた思想を持っている私ですが、最近はルイボスティーにハマっています。朝に緑茶、昼にコーヒーを飲んでいるのですが、夜にカフェインを摂取したくない。その悩みを解決してくれたのがこいつです。

ルイボスティーに含まれるフラボノイドには、老化の一因と言われている活性酸素を除去する作用があるそうです。ちなみに味は普通です。

他には……およそ健康的と言われている食べ物、飲み物を摂取できていますので、最近は摂取の順番と組み合わせに気を付けています。一番有名そうな例ですと、肉や魚よりも先に食物繊維を摂取しろってヤツですね。というわけで、傍《はた》から見たら変かもしれませんが、特にデメリットもないので果物を食前に食べるようになりました。どうも消化の早い食べ物を食事の後半で摂取すると、本当はより早く消化できるのに詰まってしまう。という主張が存在しているそうです。

あとは納豆に玉ねぎとリンゴ酢をぶち込んだり、コーヒーにシナモンと蜂蜜をぶち込んだり、次は玄米inターメリックをやるつもりです。

正直、自分で書いておいてなんですが、これを読んで胡散臭《うさんくさ》いと思われた読者の方も、もしかしたらいるかもしれません。

ですが薬と違い、食事で健康的な生活を目指して試行錯誤することにデメリットはありません（特定の成分の摂取のし過ぎはよくありませんが）。気になった読者の方はぜひ、ご自分でも調べてみてください。

どれほど健康的に生きたところで、人は絶対に死にます。

しかし、いつか死が目前に迫っている時、少しでも苦しまないためには健康的な毎日が大切になってきます。少なくとも、私は個人的にそう考えています。

最後に謝辞を。

担当編集のK様。本当の本当にありがとうございました。大変ご迷惑をおかけしてしまい誠に申し訳ございません。お陰様でこうして無事に新作を出せることになり、感謝してもしきれません。改めて、本当にありがとうございました。引き続き、何卒《なにとぞ》よろしくお願いいたします。

イラストレーターのとも—様。拙作のイラストを担当していただき、誠にありがとうございます。謝恩会でお会いできてとても光栄でした。これからさらにヒロインが出てきますが、何卒よろしくお願いいたします。

最後に、拙作を読んでくださった読者の皆さま。本当にありがとうございます。少しでも拙作を楽しんでいただけたなら幸いです。

二〇二四年　一二月　佐倉唄《さくらうた》

富士見ファンタジア文庫

本気《ほんき》を出《だ》したお兄《にい》ちゃんなら

異種族《いしゅぞく》お嬢様《じょうさま》のハーレムを作《つく》ることぐらい楽勝《らくしょう》です！

令和７年１月20日　初版発行

著者——佐倉《さくら》 唄《うた》

発行者——山下直久

発　行——株式会社KADOKAWA

〒102-8177

東京都千代田区富士見2-13-3

0570-002-301（ナビダイヤル）

印刷所——株式会社暁印刷

製本所——本間製本株式会社

※定価はカバーに表示してあります。

●お問い合わせ

https://www.kadokawa.co.jp/（「お問い合わせ」へお進みください）

※内容によっては、お答えできない場合があります。

※サポートは日本国内のみとさせていただきます。

※Japanese text only

ISBN978-4-04-075723-0 C0193　◇◇◇

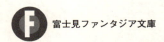

これは世界を救う

久遠崎彩禍。三〇〇時間に一度、滅亡の危機を迎える世界を救い続けてきた最強の魔女。そして――玖珂無色に身体と力を引き継ぎ、死んでしまった初恋の少女。

無色は彩禍として誰にもバレないよう学園に通うことになるのだが……油断すると男性に戻ってしまうため、女性からのキスが必要不可欠で!?

シン世代ボーイ・ミーツ・ガール!

王様のプロポーズ

King Propose

1

橘公司
Koushi Tachibana

[イラスト]――つなこ

最強の初恋
シリーズ
好評発売中!
ファンタジア文庫

ル三角関係ラブコメ！

双子まとめて『カノジョ』にしない？

2人とも

大ヒット重版続々！

白井ムク
muku shirai
イラスト／千種みのり
minori chigusa

俺をライバル視する優等生・**宇佐見**さん。
彼女には、放課後ゲーセンで遊ぶ別の顔がある。
仲良くなるため、学校でも放課後でも距離を縮めたら…
告白されて両想いに！　しかし……彼女は**双子**だった!?
そして彼女たちの提案で、
2人同時に付き合うことに!?

ファンタジア文庫

可愛い×2のハートフ
可愛がってね!
アライブ+でコミカライズ!

無自覚最強ハーレム！
シリーズ好評発売中！
妹が女騎士学園に入学したらなぜか救国の英雄になりました。ぼくが。
After my sister enrolling in Girl Knights' School, I become a HERO.
author. ラマンおいどん
ill. なたーしゃ
ファンタジア文庫

だって学園の誰より
兄さんのが
強いですから

STORY

妹を女騎士学園に送り出し、さて今日の晩ごはんはなににしよう、と考えていたら、なぜか公爵令嬢の生徒会長がやってきて、知らないうちに女王と出会い、男嫌いのはずのアマゾネスには崇められ……え？　なんでハーレム？

「す、好きです!」「えっ? ススキです!?」。
陰キャ気味な高校生・加島龍斗は、
スクールカースト最上位&憧れの白河月愛に
罰ゲームきっかけで告白することになった。
予想外の「え、だって今わたしフリーだし」という理由で
付き合うことになった二人だが、
龍斗はイケメンサッカー部員に告白される
月愛の後をつけて盗み聞きしてみたり、
月愛は付き合ったばかりの龍斗を
当たり前のように自室に連れ込んでみたり。
付き合う友達も遊びも、何もかも違う2人だが、
日々そのギャップに驚き、受け入れ合い、
そして心を通わせ始める。
読むときっとステキな気分になれるラブストーリー、
大好評でシリーズ展開中!

ありふれた毎日も
全てが愛おしい。

済みなキミと、
ゼロなオレが、
き合いする話。

ファンタジア文庫
何気ない一言も
キミが一緒だと
経験
経験
お付
著／長岡マキ子
イラスト／magako

切り拓け！キミだけの王道
ファンタジア大賞
原稿募集中！
賞金
《大賞》300万円
《金賞》50万円
《銀賞》30万円
選考委員
細音啓 「キミと僕の最後の戦場、あるいは世界が始まる聖戦」
橘公司 「デート・ア・ライブ」
羊太郎 「ロクでなし魔術講師と禁忌教典《アカシックレコード》」
ファンタジア文庫編集長
前期締切 8月末日
後期締切 2月末日
公式サイトはこちら！ https://www.fantasiataisho.com/